小学館文庫

落語小説集　子別れ

山本一力

小学館

目次

子別れ　7
景清　52
後家殺し　103
火事息子　160
柳田格之進　224
解説　櫻川七好　292

落語小説集　子別れ

子別れ

（一）

明治十（一八七七）年三月。維新政府誕生から十年近くが過ぎていた。とはいえ、ひとの暮らしも身なりも、いまだ色濃く江戸時代を引きずっていた。

春真っ盛りの、気持ちよく晴れた朝。

神田竪大工町(かんだたてだいくちょう)の裏店(うらだな)、木兵衛店(もくべえだな)にも、春を喜ぶ陽(ひ)が降り注いでいた。とはいえこの長屋に陽が届くのは朝の五ツ（午前八時）から四ツ（午前十時）までの一刻(いっとき)（二時間）限りだ。

井戸端に朝の陽が降っている五ツ過ぎ。長屋の女房連中三人が井戸を取り囲み、洗濯に励んでいた。

カタッとも音を立てずに、井戸の向かい側に立つ棟の腰高障子戸が開かれた。顔を出したのは大工の熊五郎（くまごろう）だ。

長屋に暮らす他の職人たちは、とうの昔、六ツ半（午前七時）前には仕事に出ている。

五ツどきの長屋にまだいた男は、熊五郎だけだった。

股引（ももひき）、腹掛は大工職人の身なりだが、羽織っているのは小豆色の祝儀半纏（ばんてん）だ。しかも道具箱も肩に担いではいなかった。

洗濯の手を止めて、三人の女房たちが熊五郎に目を向けた。

「熊さん、こんな時分に起きてまた仕事を休む気らしいよ」

見交わした三人の目が、それを語っていた。熊五郎の深酒は長屋に知れ渡っていた。とはいえ大工の腕がいいことも、長屋のだれもが知っていた。腰高障子戸の滑りがいいのは、手入れをする熊五郎の腕のよさゆえだ。

「ほいじゃあ、行ってくるぜ」

自分に向けられた目など気にも留めず、熊五郎が声を投げ入れた。その声が消える前に、女房のおとくが戸口に寄ってきた。井戸端の女房連中とは違い、三十代半ばのおとくはすでに髪結いまで済ませて戸口に立っていた。

「あれだけお世話になった大旦那さんのお弔いですからね」

おとくの声も井戸端にまで聞こえてきた。

「くれぐれもお酒には気をつけて、あちら様で粗相のないようにしてくださいね」

「分かってらあ」

乱暴な口調で答えた熊五郎は、祝儀半纏の袖口を引っ張った。弔いに出かける身なりとも思えない。

「おまいさんの半纏を見たら、寝棺の内の大旦那さんもご当主も、きっと喜んでくださいますから」

「おんなじことを何遍も言うんじゃねえ」

荒っぽい物言いの熊五郎には取り合わず、おとくは戸口で鑽り火を切った。

チャキッ、チャキッと小気味のいい音が立ち、威勢よく火の粉が飛び散った。

「仕舞いまで付き合うからよう、けえりは遅くなるぜ」

「分かってますよ」

熊五郎の言い分にうなずいたおとくは、亭主の耳元に顔を寄せて声を潜めた。

「棟梁からの前借り、しっかり持ち帰ってきてくださいね」

「あいよう」

威勢よく答えた熊五郎は、長屋の木戸口へと歩き始めた。わずかに足元がもつれて見えるのは、昨夜の酒が残っているからだろう。

大恩あるお出入り先、なだ政のご隠居が九十六で大往生された。葬儀は山谷のなだ政本家の大広間で、正午から執り行われる段取りだった。

熊五郎の腕のよさを、高く買ってくれた隠居である。離れの修繕はすべて、名指しで仕事を出してくれた。そんな縁もあり、本家で執り行う葬儀に、棟梁でもない大工の熊五郎を焼香客に招いてくれていた。

仕事着の股引、腹掛に、なだ政が誂えてくれた祝儀半纏を羽織っていた。小豆色の半纏は不祝儀には不向きだが、隠居が誂えてくれたものだ。

半纏のいきさつを知っている当主にも異論のない、大工職人の正装だった。

裏長屋の路地を歩く熊五郎の背に、一刻だけ差す春の陽が降り注いでいた。

「お酒さえ飲まなきゃあ、腕は飛び切り達者なのにねえ……」

木戸に向かう熊五郎を見て、女房衆のひとりがため息まじりのつぶやきを漏らした。

＊

山谷のなだ政に向かう手前で、熊五郎は隣町に住む棟梁の宿に立ち寄った。五十円（約三十五万円）の前借りを受けるためだ。

方々の店に溜めているツケと、四カ月も溜めた店賃、そして日々の暮らしに入り用なカネの工面としてだ。

「おめえに前貸しするんじゃねえ。おとくさんと亀坊のために貸すというのを忘れるな」

「分かりやした」

棟梁に答えた熊五郎の息には、酒臭さが残っていた。

十円札五枚を納めた紙入れをふところに仕舞い、今戸橋たもとに向かう乗合船の左舷に座った。吾妻橋を過ぎたあと、船は日本堤を左舷に見ながら走った。

花見の季節である。朝まだ早い時分でも、すでに多くの花見客が土手を行き交っていた。新しいもの好きのザンギリ頭もいたが、大半の男は熊五郎同様に髷を結っていた。

堤の先には遊郭・吉原が広がっていた。しかし高い土手に遮られて、吉原は見えない。

見えずとも熊五郎のあたまは、大門の内に建家を連ねる遊郭を思い描けた。

「大旦那は九十六まで長生きして、おめでたくなっちまったんだ」

満開となった土手を見ながら、熊五郎は独り言をつぶやいた。

「吉原に行きさえすりゃあ、おれだっておめでたくなれるのによう」

我知らず、つぶやき声が大きくなっていた。船端に並んで土手を見ていた客が、いぶかしげな目を熊五郎に向けた。

不意に吹き始めた風が、土手に咲いた満開の桜を舞い散らし始めた。

「吉原の花魁たちも、さぞかしこの花吹雪を見てえだろうに……」

熊五郎のつぶやきを、風が土手へと運び去っていた。

（二）

「だれだね、あそこでいびきをかいてるのは」

なだ政の頭取番頭吉右衛門が、顔をしかめて広間を指差した。

「大工の熊五郎さんです」

手代が言うと、吉右衛門の顔が曇った。

当主の言いつけもあり法要後の酒席では、なかほどの高い席をあてがっていた。ところが酒が入るなり、熊五郎は声高に文句を言い始めた。

「おれだけに折り詰を配らねえてえのは、どういう了見でえ！」

熊五郎の怒声は広間の面々に聞こえた。

焼香客は熊五郎を除いた全員が、取引先の番頭もしくは当主たちだ。怒声を発する者など皆無だった。

酒席には土産物として、辨松が別誂えをしたこわめしが配られていた。がんもどき、ハス、しいたけ、高野豆腐は、春の温気のなかでも傷まぬように、強い甘辛な味付けがされていた。

砂糖を惜しまない玉子焼き、豆きんとんも添えられていた。

隠居が天寿を全うした大往生ということで、こわめしは赤飯である。

その折り詰が不手際で、熊五郎だけには配られていなかった。場を差配していた二番番頭の目配せで、手代たちが熊五郎に駆け寄った。

「まことに不手際をいたしまして……」

手代たち三人が、なんと合計十五もの折り詰を熊五郎の膝元に差し出していた。

「分かりゃあ、いい」

ご機嫌になった熊五郎は酒を呷り続けた。なだ政だけに、精進落としの酒も灘の下り酒である。熊五郎は一合徳利八本を空にした。

「大旦那の大往生を祝うには、八本の徳利は末広がりで縁起がいいやね」

ひとり悦に入った熊五郎は八本目を飲み干すなり、ごろりと横になった。他の焼香客が全員引き上げた七ツ（午後四時）になっても、酔い潰れた熊五郎はいびきをかいていた。

「起こしましょうか？」

「いや、わたしが起こそう」

手代を止めて、吉右衛門が熊五郎に近寄った。酒癖のわるい男と、またも揉め事になるのを案じたからだ。

「起きなさい、熊五郎さん」

吉右衛門に身体を強く揺さぶられて、熊五郎はいやいやの仕草とともに起き上がった。

「もうお開きです」

こわめしの折り詰は全部持ち帰っていいから、お帰りなさいと熊五郎に帰宅を促した。

「けえるんじゃなしに、これからなかに繰り出して、ご隠居の弔い直しをやりやしょうや」

相手は頭取番頭である。

酔ってはいても、熊五郎はていねいな物言いをした。

「ばかなことを言うんじゃない。なにが弔い直しで吉原だ」

強い口調で窘(たしな)めると、手代たちを振り返った。

「布袋をここに持ってきて、折りはすべてを熊五郎さんに差し上げなさい」

十五の辨松の別誂えを土産に、とっとと広間から追い出しなさい……言葉には出さなくても吉右衛門の硬い口調が、手代たちに告げていた。

深酔いはしている熊五郎だが、なだ政は大事な出入り先である。しくじると大変だとは、熊五郎も察した。

手代が用意したこわめしの折り詰を両手に提げて、なだ政の広間を出た。

それでも熊五郎は宿に帰ろうとはせず、大門につながる通りを歩き始めた。三町（約三百二十七メートル）ほど進んだとき、顔見知りの紙屑屋(かみくずや)長兵衛(ちょうべえ)に出くわした。

「なんですか、棟梁。でかい荷物を両手に提げて、どこに行こうてえんで？」

口の上手な長兵衛である。ただの職人だと分かっていながら、棟梁と持ち上げた。

「ばか野郎、なにが棟梁でえ」

熊五郎は口先だけで軽いことを言うなと、長兵衛に噛みついた。が、それ以上は文句を言わずに物言いを和らげた。

「いいところで出逢ったぜ、紙屑屋」

これから吉原に行こうと、遊びに誘った。

「そいつは結構な話ですが……そんな荷物を提げての遊びですかい」

長兵衛の語尾が下がった。

「なにを言いやがる、紙屑屋！」

袋の内は辨松のこわめし折り詰で、花魁だの若い衆だのへの土産だと言い返した。

「辨松のこわめしとは、また豪勢ですが……なんだって棟梁は袋ふたつも提げてやすんで？」

長兵衛が問うと、熊五郎の顔がゆるんだ。

「なだ政のご隠居が、九十六でおめでたくなっちまったんでえ」

折り詰は精進落としの土産だと明かした。

「これをなかに持って行きゃあよう、紙屑屋。花魁も、やり手婆（ばばあ）も牛太郎（ぎゅうたろう）（若い者、遊女屋の客引き）もよう、紙屑屋。みんなが喜ぶてえんだ。分かったか、紙屑屋」

「よしてくださいよ、棟梁」

ふたこと目には紙屑屋呼ばわりをするのは、吉原では勘弁してくれと顔をしかめた。

「なに言いやがるんでえ、紙屑屋」

一人前のことを言うからには、遊ぶゼニはあるんだろうなと熊五郎は質（ただ）した。長兵衛は胸を張った。

「男たるもの、一歩家の敷居をまたいだら、シチニンの敵がいるんですぜ」

無一文では歩けない、しっかり持っていますと胸を叩（たた）いた。

「そいつあ、わるいことを言っちまった」

素直に詫（わ）びた熊五郎は、口調をあらためて長兵衛に持ち金を問うた。

ひと息をおいて、三銭（二百十円）だと答えた。

「なにおう？」

語尾を撥（は）ね上げた熊五郎は、もう一度、長兵衛の持ち金を質した。

「ですから棟梁……三銭でさ。ついさっき、高いカネを払ったばかりですから」

答えに呆（あき）れた熊五郎は、折り詰の納まった布袋を長兵衛に突きだした。

「おめえはおれの家来だ。しっかり折り詰を運んでこい！」

その代わり、遊びの面倒はおれがみてやると宣言した。

「分かったか、紙屑屋！」

散々に紙屑屋呼ばわりされ続けてきた長兵衛だ。が、あとの楽しみを思い、沸き上がる存念を押さえつけた。

先を行く熊五郎を追いつつ、追従声で応えた。

「おれにも辨松の別誂えをひとつ、食わしてくだせえ」

分かったぜとばかりに、熊五郎は右手を振って答えた。

＊

「嬉しいおみやじゃあ、ありやせんか！」

熊五郎の思惑は図星で、遊びの交渉役牛太郎は辨松のこわめしを大いに喜んだ。

花魁にも大受けして、飛び切りの扱いを受けた。一夜が明けて用足しに部屋を出た熊五郎は、昨夜の敵娼とは別の花魁から声をかけられた。

「熊五郎さん……でしょう？」

声をかけてきたのは、南（品川）の遊郭にいて、熊五郎が馴染みをつけていた、おそめだった。

おとくと所帯を構えたことで、おそめとは縁が切れていた。

「おめえ、南はどうしたんでえ」

「去年の十二月に鞍替えしたの」

廊下での立ち話に留まらず、熊五郎はおそめの部屋に移った。元来が馴染みだった敵娼である。熊五郎の閨での好みも、おそめは知り尽くしていた。

「もう一晩、居続けしてくれる？」

耳元でささやかれた熊五郎は、持ち金の続く限りに居続けをした。

裏店を出てから四日目になって、ようやく大門の外に出ることができた。

春だというのに、朝の川風は冷たさが身に染みた。ぶるるっと今戸の船着き場で、熊五郎は身体を震わせた。

河岸の柳も調子を合わせて、枝を揺らした。

（三）

朝一番の乗合船は、舳先を天道に向けて大川を南に下っていた。

三日前、今戸橋に向かっていたときは、あとの楽しみを思って気持ちが弾んでいた。下げ潮に逆らって突き進む船の漕ぎ手に、一円の祝儀を呉れてやろうかと、気前のいいことまで考えていた。

竪大工町の裏店に戻ろうとしているいまは、なぜもっとゆっくり走らねえんだと、速い船足に胸の内で毒づいていた。

五十円の前借りをしたのに、財布はカラである。宿に帰ったあと、おとくをまともには見られないと分かっていたからだ。

遊郭の若い衆は熊五郎のふところ工合を見透かしたかのように、四十八円七十銭の勘定書きを運んできた。

十円札五枚の支払いを受け取った牛太郎は、漆塗りの皿に受け取りと一円三十銭の釣り銭を載せて戻ってきた。

「ご愉快をいただき、大層に景気をつけていただきまして、ご内証も喜んでおります」

勘定書きを見て我に返っていた熊五郎は、十銭の心付けすら渡さず、釣り銭をそっくり半纏のたもとに仕舞った。

重たく沈んだ熊五郎を嗤(わら)うかのように、天道は強い朝日で大川の川面(かわも)を照らしていた。

帰り船でも熊五郎は、左舷に寄りかかっていた。せめてあの日本堤を見ないで済むようにと、心底願っての左舷だった。

両国橋(りょうごくばし)の手前で船は西に折れて、神田川に入った。和泉橋(いずみばし)の船着き場まで、この調子で走れば四半刻（三十分）もかからないだろう。

どんな言いわけをすりゃあいいんだと、懸命に知恵を巡らせた。

三人組の物盗りに襲いかかられ、手足を縛られて財布を盗まれちまって……

大川に財布を落っことしちまって……

物乞いの親子が気の毒になって、そっくり財布ごと恵んじまった……

あれこれ考えたが、到底おとくに通ずるわけがないのは明らかだった。

遊郭を出るとき、おそめから徳利の冷や酒を勧められた。

「あたしのおごりだから」と。

勘定を済ませて青ざめていた熊五郎は、とても飲む気にはなれなかった。しらふのあたまでは、ろくな知恵も浮かんでこないらしい。

「もういい！　勝手にしやがれ」

神田川の川面を見詰めて毒づいた。剣幕に驚いたのか、ボラが跳ねた。

＊

もう五ツ半（午前九時）過ぎだというのに、宿の腰高障子戸には用心のためなのか、心張り棒がかかっていた。

「おれだ、おとく。戸を開けてくんねえ」

後ろめたさを隠すために、熊五郎はわざと不機嫌な大声を投げ入れた。井戸端で洗い物をしている面々が、一斉に熊五郎の宿を見た。

心張り棒を外しても、おとくは土間の内から動こうとはしなかった。

「なんでえ、その仏頂面はよう」

ぶつくさ文句を垂れながら熊五郎は宿に入り、乱暴な手つきで戸を閉めた。

「亀吉（かめきち）はどこでえ」

ひと間だけの六畳間に上がるなり、おとくに尖った声をぶつけた。こどもの姿が見えなかったからだ。

「差配さんから頼まれて、室町まで届け物に出ています」

亀吉がもらう三十銭の駄賃が、うちの暮らしには大事ですからと告げて、醒めた目で亭主を見詰めた。

ひと息をおいて、口調を変えた。

「棟梁から前借りしたんですよね」

おとくは強い物言いで迫った。

「したぜ」

熊五郎も負けずに声を張った。

「あたしに渡してください」

おとくの声は、いつになく鋭く尖っていた。

「毎日、掛け取りの手代さんたちから、払え払えとせっつかれ続けていますから」

おとくの目が熊五郎に突き刺さっていた。

「ゼニはねえ」

言い放ったあと、熊五郎は天井を見た。

「まさかおまいさん、五十円そっくりを遊びに使ったんですか」

「なんでえ、遊びてえのは」

天井からおとくに目を戻すと、きつい物言いで応じた。

「紙屑屋の長兵衛さんを引き連れて、大門の内に入ったんでしょう?」

長さんからすっかり聞きましたと、おとくは声の調子を落とした。

「大層気前よく、おこわの折り詰もなかの皆さんに差し上げたそうですね」

うちはおあしが一円もありませんから、おこわどころか、一升十銭のおからも買えませんと、怒りを押さえた声で迫った。

「三日も四日も居続けて、いったいなにをしていたんですか」

おとくの声がさらに低くなっていた。低いだけに、迫る凄みは増していた。

「なにをしてたのって……居続けしたのは吉原だぜ」

おとくの低い声とは逆に、熊五郎は声を張り上げた。

「突き当たりまで言わなくても、おめえだって分かりそうなもんじゃねえか」

熊五郎は声を荒らげた。

「いいえ、分かりません」

おとくに言い返されて、熊五郎はあたまに血が上ったらしい。

「そうまで聞きてえなら、洗いざらい聞かせてやろうじゃねえか」

一段と声を大きくした熊五郎は、南から移ってきたおそめとの閨の話を始めた。

「相変わらずの床上手でよう。日がな一日、布団から出してもらえなかったぜ」

熊五郎から女郎ののろけを聞かされて、さすがのおとくも我慢の糸が切れたようだ。

「そんなに女郎がいいなら、いっそのこと、そのひとをここに迎えたらいいわ！」

「ほざいたな、このアマ！」

激高した熊五郎が腕を振り上げたとき、差配の木兵衛が戸を開いて飛び込んできた。

「待ちなさい」

土間に立ったまま、熊五郎が振り上げた右腕を摑んだ。

「戸の外にまで、あんたの声は筒抜けだ」

大事な前借りをそっくり使った挙げ句、女郎ののろけをおとくさんに言うなど、沙汰の限りだと熊五郎を強く窘めた。

「とにかく今度のことは、あんたがわるい。先ずは、おとくさんに詫びなさい」

すべては詫びてからだと、木兵衛は熊五郎を戒めた。承服できない熊五郎は、目の底まで光らせて木兵衛を睨み返した。

「頼みもしねえのに、木兵衛さんはなにしに飛び込んで来たんでえ」

「なにしにって、夫婦喧嘩の仲裁に決まってるじゃないか」

「おきやがれ！」

熊五郎の目が、ひときわ光を増していた。

「仲裁てえのは、喧嘩しているふたりを五分と五分とに分けてこそだろうがよ」

おれだけを責めるのは、仲裁でもなんでもねえと、声を荒らげた。

「おとくの前でいい格好をして、あとでおいしく戴こうてえ肚だろうがよ」

いわれのない毒づきを食わされた木兵衛は、これ以上は面倒を見切れないと言い置き、土間から出て行った。

「余計な口出しが引っ込んだんでえ。おめえがもうさっき言ったことに、間違いはねえだろうな」

前借り金を持ち帰れなかった負い目を、凄むことで追い払おうとしたのだ。

「おめえが口にしたことだ、ここから出て行ってくれ」

ひときわ大きな声で熊五郎が凄んだとき。

「おっかさん、ただいま」

頼まれ仕事を終えた亀吉が、土間に入ってきた。亀吉は父親を見ようともしなかった。

これが熊五郎の逆上を煽り立てた。

「てめえら二人とも、たったいま、ここから出て行け！」

おれが戻ってくる前に、持てるだけの品を持って出ていけと、ばかな念押しをした。

「分かりました」

おとくは凍えをはらんだ声で答えた。

「あばよ」

言葉を吐き捨てた熊五郎は、女房と子に一瞥すらくれず、宿から出て行った。

「おっかさん……」

しがみついてきた亀吉のあたまを、おとくの柔らかな手が撫でていた。

*

おとくと亀吉が出て行ってから三カ月後に、年季の明けたおそめが長屋に越してきた。

申し合わせたわけではなかったが、女房連中はおそめと口をきこうとはしなかった。

もとよりその気などないおそめである。

「糠漬けくさいおばさんたちとは、同じ井戸の水を飲むのもごめんだわ」

うそぶいたおそめは、井戸端での洗濯はもちろん、炊事もしなかった。

夜更かしが、身体の芯にまで染み込んでいるおそめである。真夜中まで行灯の明かりで、絵草子本を読み続けた。

起きるのは天道が高くなった、四ツ半（午前十一時）を過ぎてからだ。

朝飯の支度もしてもらえない熊五郎は、早起きの一膳飯屋をあてにする暮らしを強いられた。

仕事着も、ふんどしまでも、熊五郎は自分で洗濯をする羽目になった。

女房連中はおそめから文句をつけられたくなくて、熊五郎の洗い物を手伝おうとはしなかった。

おそめが転がり込んできて、三月が過ぎようとする日の夕暮れ時。

今日こそ、おそめを叩き出す！

肚を括った熊五郎は、仕事場から真っ直ぐに裏店に帰った。戸口で深呼吸をしてから、腰高障子戸に手をかけた。

敷居の拭き掃除もしていない戸は軋み音を立てて、引っかかりながら横に動いた。

「おめえに話がある」

土間に足を踏み入れるなり、熊五郎は下腹に力を込めて声を発した。

いつもなら飯の支度もせずに、搔巻を着込んでおそめは寝っ転がっていた。ところがこの夕は、姿がなかった。

部屋の隅にはいつも通り、ちゃぶ台が出しっ放しである。茶殻の詰まった急須と湯呑みも、ちゃぶ台に載っていた。

いつもと違うのは、急須の下に半紙が一枚敷かれていたことだ。

熊五郎は急須をどけて半紙を引っ張り取った。

「こんな暮らしは、もうまっぴら」

叩き出すまでもなかった。おそめの方から見切りをつけて、姿を消していた。

上がり框に座った熊五郎は、両肩が落ちていた。

ふううっ。

深いため息が漏れた。

女が出て行き、宿からひとの気配が失せた。

こうなって初めて、女房とガキがここにはもういないという哀しさに、熊五郎は身体の芯まで攻められていた。

おのれのあまりのバカさ加減を思い知り、吐息する気力すら失せていた。

（四）

あの夫婦別れから三年半が過ぎた、今年八月七日。

おとく、亀吉母子は、深川冬木町の炭屋二階で、間借り暮らしを続けていた。熊五郎と所帯を構える前のおとくは、富岡八幡宮の深川門前仲町で小料理屋の仲居として働いていた。

ひどい諍いの行きがかりで、おとくは竪大工町の裏店を出ることになった。

前借り金五十円を遊びに使った亭主に、あの日のおとくは心底げんなりした。こころのざらつきに押されて、そんな気などないことを口にしてしまった。その挙げ句の夫婦別れだった。

酒にはだらしなくて、いやな思いも散々させられた。それを承知のうえで、思ってしまう。

わたしには、あのひとしかいない、と。

大工の腕は、図抜けていい熊五郎である。夫婦で連れ立って棟梁に頼めば、もう一度前借りには応じてもらえただろう。

思い切り不機嫌な顔で向き合いながらも、最後は仲直りしようと肚を決めていた。

まったくの思惑違いに、ことが運ぶ羽目になったのは……

熊五郎が女郎ののろけを口にしたからだ。

このくそったれ。

怒りを抑えきれなくなり、自分の口から別れ話を切りだしてしまった。

木兵衛が中に割って入ってくれたが、仲裁には至らず、逆に火を煽り立てた。

その結果、別れが決まってしまった。

まったく行く当てのなかったおとくは、昔の奉公先を訪れた。が、小料理屋は居抜きで他人が借りていた。

富岡八幡宮にお参りをして、どうか行く当てをお示しくださいとお願いした。境内を出たとき、炭屋のあるじ夫婦と行き合った。

小料理屋の客として、いつも夫婦で通ってくれていた、筋のいいふたりだった。

事情を聞き取るなり、女房から「二階の三畳間を使いなさいよ」と声をかけてもらえた。

「おとくさんなら針仕事もできるし、うちの手伝いだってお願いしたいから」

炭屋夫婦の好意で、三年が過ぎたいまでも二階の間借りを続けていた。

七歳になった亀吉は病気ひとつせず、おもてで元気に遊ぶことで、おとくの手助けをしていた。

とはいえ亀吉なりに、つらいことはあった。

銘木商が軒を連ねる冬木町は、町も住人も豊かだった。今年の八月十五日には、三年に一度の富岡八幡宮本祭を控えていた。

周辺の他町に先駆けて、冬木町は町内神輿を拵えていた。同時に、こども神輿も一基誂えた。

冬木町町内にはおとなもこどもも、担ぎ手はわんさかいたからだ。

七歳の亀吉は、こども神輿に肩を入れられる歳だった。しかし神輿を担ぐには、半纏、半だこ（パンツ）、足袋、鉢巻きの神輿装束を揃えなければならない。

おとくにそんなカネなどないのは、こどもながらに分かっていた。ゆえに亀吉は、こども神輿の担ぎ稽古が始まるなり、ひとりで冬木町から出た。

そして三町離れた先の亀久橋に向かった。

仙台堀に架かった橋に立てば、木場に向かう丸太のいかだや、米俵を満載したはしけを見ることができた。

明治政府の誕生で、仙台藩は消滅した。が、日本有数の美味い米ができる米所であることに変わりはなかった。

藩政時代に造られた米蔵も、仙台堀沿いに健在だった。

そもそも仙台堀という呼称は、仙台藩の米蔵につながる運河というのが起こりだ。

亀吉は亀久橋が大好きだった。自分と同じ亀の名がついていたし、堀の流れも見飽きることがなかった。

わっしょい、わっしょい……

川面に見入っていた亀吉が、子犬のように耳たぶをピクッと動かした。

富岡八幡宮の神輿は、わっしょいの掛け声が決まりだ。亀吉の耳には、こども神輿の稽古声が届いていた。

こども特有の、甲高い掛け声だ。

おいらも次の本祭のときは、こども神輿を担ぎたい……仲間に加われないつらさが込み上げたのか、亀吉の瞳が潤んでいた。

＊

「いまから木場まで、蔦屋（つたや）の番頭さんと木口を見に行ってきやすんで」

留守をお願いしますと女房連中に頼み、熊五郎は宿の戸を閉じた。

腰高障子戸は、月に幾度も手入れをしている。敷居は蠟でも塗ったかのように、滑りがよかった。

「いってらっしゃい」

井戸端の女たちが好意的な返事をした。

「おとくさんがいたときに、酒と縁切りをしていたら……ねえ」

すっかり立ち直った熊五郎を、女房たちは気持ちを込めたつぶやきで見送った。

長屋を出た熊五郎は、乗合船の桟橋で蔦屋の番頭、清蔵と落ち合った。大旦那が隠居所を新築することになり、普請の段取りすべてが熊五郎に任されていた。

酒ときっぱり縁切りした熊五郎は、いまでは施主から棟梁に近い扱いを受けていた。

蔦屋の商い向きのことでは玄人で、隠居所新築の差配も大旦那から言いつけられていた清蔵であるが、材木はさっぱり分からない。

普請を完璧に運ぶために、材木選びには熊五郎に同行を頼んでいた。

永代橋東詰めの佐賀町桟橋で乗合船を下りたあと、ふたり連れ立って木場に向かった。

富岡八幡宮が近くなるにつれて、神輿担ぎ稽古の掛け声が方々の町から聞こえ始めた。

「さすがは江戸で一番の八幡さまだ」

威勢のよさが違うと、清蔵は正味(しょうみ)の物言いで褒めた。

仲町の辻(つじ)を北に折れたあと、五町(約五百四十五メートル)ほど進めば仙台堀に行き当たる。木場に詳しい熊五郎は、堀の手前を東に折れた。

「仙台堀伝いに、東にずんずん行った先が木場でやすんで」

ひたいに汗を浮かべている清蔵に、木場はあと九町も歩けば着きますと教えた。四町ほど進んだ先に、欄干の大きな亀久橋が見えてきた。

木場の見栄だとばかりに、杉丸太を惜しまずに架橋した亀久橋だ。仕上げの欄干には、熊野杉(くまのすぎ)が使われていた。

「見てくだせえ、あの欄干の豪勢さを」

清蔵に説明していた熊五郎が、不意に黙り込んだ。目を凝らして橋を見詰めていた。

「どうしたんだね、親方」

清蔵に問われても、熊五郎は橋を見詰めたままである。橋のなかほどで、こどもがひとり川を見ていた。

橋から清蔵に目を戻した熊五郎は、差し迫った口調で話しかけた。

「ちょいと用ができやしたんで、先に材木屋に行っててくだせえ」

この道をあと五町も行けば、通りの右手に材木問屋、木柾（もくまさ）がある。

「用を終えやしたら、すぐに追いかけやす」

「分かった。先に行っている」

木柾に向かう清蔵を見送ると、熊五郎は橋の真ん中めがけて駆けた。

こどもが欄干に寄りかかって、川面を見ていた。

熊五郎はその子の後ろから声をかけた。

「亀吉……だろう？」

不意に背後から声をかけられた子は、驚き顔で振り返った。熊五郎を見ても、すぐには声が出なかった。

「でえじょうぶだ。おれだ、おれだ」

「ちゃん、なの？」

「決まってるじゃねえか」

熊五郎は鼻をこすった。そうだと言うときの仕草である。

「ちゃん!!」

目一杯に張り上げたこどもの声は、仙台堀を行く川並（かわなみ）（いかだ乗り）にも聞こえていた。

（五）

その日の亀吉は上気したかのように、頰を朱に染めて帰ってきた。顔色はすこぶるいいが、遊び疲れた様子はない。

いつもの亀吉とは、明らかに様子が違っていた。

「どうしたの、亀。今日は八幡様の境内で遊んだのじゃないの？」

おとくは針仕事の手を止めず、亀吉に問いかけた。

束の間、ビクッと背筋を震わせたあと、

「思いっきり境内で遊んだよ」

亀吉は取り繕うような声で答えた。こどもの物言いがいつもとは違っていた。

おとくは針仕事の手を止めて、亀吉を見詰めた。

「おっかさんの前においで」

おとくの物言いが少し硬くなっていた。亀吉はこわばった顔で近寄った。

縫い物を脇にどけたおとくは、両腕を伸ばして亀吉を抱え込んだ。そしてあたまのにおいを嗅いだ。

汗のにおいが、まったくしなかった。

「おまえ、遊んでなかったわね」

おとくの口調がひどく硬くなっている。亀吉の顔に、怯えの色が浮かんだ。

「なんだって、おっかさんに嘘をついたの？」

亀吉を正面から見据えて問い質した。

「おいら、嘘なんかついてないもん」

その物言いが、すでに嘘をついていた。きつい目になったおとくは亀吉の動きを抑え込んで、着ている木綿着をまさぐった。

右のたもとに、硬いものの手触りを感じた。右手でまさぐったら、大きな硬貨のようなものに手が当たった。

たもとから取り出したら、五十銭（約三千五百円）銀貨だった。

おとくの顔色が変わった。

「どうしたの、こんな大金を」

声を尖らせながら、おとくはひとつのいやな見当をつけていた。亀吉は八幡宮の賽銭箱から盗み出したのではないか。

神社境内で遊ぶ子のなかには、鳥モチなどを使い、賽銭を盗む者がいた。

小料理屋の仲居だったころは、客がこども時分の自慢話として、賽銭盗みのことを声高に話すのを聞いたりもしていた。

「おまえ、この五十銭を八幡様からくすねてきたのかい？」

「おいら、そんなことしない！」

亀吉の言い方は嘘ではないと思えた。

「だったら、どうしておまえが持ってるのよ」

おとくは声の尖りを消した。

「もらったんだよ」

これだけ言って、亀吉は生唾を呑み込んだ。おとくの顔つきがこわばった。

「どこのどなたさまが、見ず知らずのおまえに五十銭ものおあしを恵んでくれるのよ」

いい加減なことを言うんじゃないと、物言いの調子を厳しくした。

「どうしたのか、正直にお言い！」

こんな迫り方をしたのは、今日が初めてだった。そうまでされても亀吉は身体を震わせながらも、口は閉じたままである。

「おまえがそうなら、おっかさんだって容赦しないからね」

立ち上がったおとくは、部屋の隅の木箱を開いた。樫でできた堅牢な箱で、数少ないおとくの貴重品が納まっていた。

箱の底から取り出したのは、熊五郎が使っていた玄翁（金槌）である。使い古された道具の柄は、熊五郎の脂が染みて黒ずんでいた。

右手で柄をしっかり握ると、怯え顔の亀吉の正面に戻った。

「これは、おとっつあんが使っていた玄翁だからね」

おとくは亀吉の目の前に、道具をぐいっと突き出した。

「これ以上、まだ嘘を言うなら、これでおまえのあたまを殴るから」

迫るおとくの顔が般若になっていた。

「あたまを殴るのはあたしじゃない、おとっつあんだから覚悟をしなさい」

我知らず口走ったことで、おとくは玄翁を手から落としそうになった。

過ぎた三年半、おとくは熊五郎とは縁切りしたものとして生きてきた。その強い決意があったがこそ、亀吉を女手ひとつで今日まで育ててこられた。

ところがその実は、おとくは宿を出たときから熊五郎を締め出せてはいなかった。

あの日、熊五郎の玄翁を持ち出して木箱に仕舞っていた。

そしていま、亀吉を叱るなかで、おとっつあんを引き合いに出していた。

みずから別れ話を切り出し、裏店を出た。すべてにケリをつけた気でいたのだが、こころの底ではいまだ、熊五郎を想う焼けぼっくいがくすぶり続けていた。

それを思い知ったがため、手から力が抜けたのだ。おとくは急ぎ握り直した。

玄翁を振り上げたら、亀吉が大声で泣き出した。

「おいらにくれたのは、ちゃんだよ」

本当にもらったんだから……と、泣きながら訴えた。

驚きのあまり、おとくの手から道具が滑り落ちた。

「おまえ、おとっつあんに逢ったのかい？」

問い質す声の調子が違っていた。亀吉はまだしゃくりあげながら、強くうなずいた。

「どこで逢ったの……いつ逢ったのよ」

おとくはこどもの前へと膝をずらした。

「もうさっき、亀久橋で」

泣き声が落ち着いてから、亀吉は子細を話し始めた。

当座の小遣いだと言いながら、熊五郎は五十銭を亀吉に握らせた。

「おとっつあんはこのところ、調子がいいんだ。明日の昼、あのうなぎ屋で昼飯を食おうじゃねえか」

熊五郎は仙台堀に面した、米蔵の向かい側のうなぎ屋を指差した。

蔵に運び入れる俵から、米粒が、ひっきりなしに堀に落ちている。その米粒を食って育ったうなぎは、美味(うま)さを江戸中に知られていた。

「おれと逢ったことも小遣いをもらったのも、明日のうなぎ屋のことも、おっかさんには言っちゃあならねえ」

男と男の約束だと言い聞かせて、ふたりは指切りをしていた。

子細を聞き終えたおとくは、熊五郎の身なりを訊(たず)ねた。

「半纏も股引も、洗い立てのようにきれいだったよ」

「そうなの……」

亀吉の答えを聞いたおとくは、気落ちしたような顔つきになった。

「だとしたらおとっつあんは、息災に暮らしているんだねえ……」

笑おうとしたおとくの語尾が消え入りそうだった。

「ちゃんは、ひとりだよ」

亀吉が言うと、おとくの目に力が戻った。

「吉原から来たひとは、三月もしないうちに出て行ったんだって」

それをきっかけに酒絶ちをした熊五郎は、洗濯から飯の支度まで、家事もひとりでこなしていた。

「ちゃんは洗濯も上手になったって、おいらに恥ずかしそうに言ったよ」

「ほかにはどんなことを言ってたの？」

おとくは膝を動かし、こどもとの間合いを大きく詰めた。

「おっかさん、なんだか嬉しそうだね」

亀吉が嬉しそうに応じた。おとくは答えず、さらに詰め寄った。こどもと膝がくっつきそうだった。

「明日のお昼を食べたあとで、おいらにこども神輿の半纏と半だこを買ってくれるって」

うなぎのあとは、連れ立って神輿装束の見立てに出向くことになっていた。

「でも……おっかさんには内緒にしとくって、ちゃんと指切りしたんだよ」

約束を破ったから、針千本を呑まされるのかなあと、亀吉は本気で心配した。

「大丈夫よ、そんなことはないから」

おとっつあんは優しいひとだものと、おとくは両目を潤ませていた。

「明日も晴れてくれるように、おいら、てるてる坊主を作るから」

布の端切れを亀吉は欲しがった。

「うんとおっきいのを作りなさい」

端切れを探し始めたおとくの物言いが、妙にそわそわしていた。

（六）

熊五郎と亀吉が連れ立って入ったうなぎ屋は、二階が三十畳の座敷になっていた。小部屋の用意がないのは、客の大半が木場の職人や川並衆だからだ。

人目を嫌うわけあり客を、この店は相手にしていなかった。

熊五郎の仕事の都合で、うなぎ屋には八ツ（午後二時）どきに上がった。半端な時分ゆえ人気の高い店でも、相客の姿はなかった。

「とってもおいしそうなにおいだね」

階下から漂ってくる蒲焼き（かばや）の香りをかいで、亀吉は鼻をひくひくさせた。

「おめえを連れてうなぎ屋にへえったのは、これが初めてだなあ」

一緒に暮らしていた当時、亀吉はまだ四歳である。親子三人でうなぎ屋に向かう折など、一度もなかった。

「おっかさんには内緒にしただろうな？」

亀吉は返事ができず、俯いた。

「なんでえ亀吉。おめえ、まさか……」

熊五郎が戸惑い顔になったとき、階段を急ぎ上がってくる足音が聞こえた。うなぎが仕上がるには、まだ早すぎた。

熊五郎が階段のほうを見ると、店の仲居が近寄ってきていた。

「お客さんのお子さんは、亀ちゃんでよろしいんですか？」

「おいら、亀吉だよ」

熊五郎が答える前に、亀吉が返答した。仲居はこどもに笑いかけてから、熊五郎に向き直った。

「下に亀ちゃんのおっかさんが見えてますが、こちらにご案内してもよろしいですか？」

「えっ……」

うろたえ顔になった熊五郎が返事に詰まった、そのとき。

「あっ……おっかさんだ！」

声を弾ませた亀吉が階段のほうを見た。仲居の案内を受ける前に、おとくは二階に上がってきていた。

身なりは地味な色柄の太物である。質素ながらもきちんと手入れがされており、派手な色味の仲居のお仕着せよりも上品に見えた。髪はていねいに髷を結い直していた。黒髪がひときわ艶やかに輝いて見えた。

立ち上がった亀吉は、母親に駆け寄った。

「すまねえが姐さん、うなぎをもう一人前、ここに用意してくんねえ」

「うけたまわりました」

立ち上がった仲居は、手慣れた動きで追加になったひとり分の膳を調えて、おとくの座布団を用意した。

「どうぞ、こちらへ」

仲居に促されても、おとくは座布団に座ろうとはしなかった。

畳にじかに座ったまま、仲居が下がるのを待って熊五郎に話しかけた。

「あたしの細腕では、亀吉にとてもうなぎを食べさせてはやれないんです」

親切にこんな豪勢なお店に招いていただき、ありがとうございますとあたまを下げた。

熊五郎は慌てて正座に座り直した。

「こちらこそ、あなたに隠れて勝手なことをして、亀吉を引っ張り出しちまって」

申しわけありませんと詫びて、熊五郎も深くあたまを下げた。

「おっかさんとちゃんが、代わる代わるにあたまを下げたりしてさあ。知らないひとみたいで、なんだかおかしいよ」

亀吉が口にしたことで、おとくと熊五郎とから他人行儀な硬さがとれた。

「そんな座り方をしてねえで、頼むから座布団をあててくんねえな」

「ありがとうございます」

お言葉に甘えさせていただいて……と言い添えて、おとくも座布団に座った。

三人が箱膳を前にしたことで、裏店当時の賑(にぎ)やかだった暮らしぶりが戻ってきた。

「おめえは細腕と言ったが、とんでもねえ」

熊五郎は亀吉を見てから、おとくに目を戻した。

「あれから三年もの間、おめえは立派に亀吉を育ててくれてた」

木兵衛店を出て行ったときに比べたら、亀吉は背丈が何寸も大きく伸びている。

「こいつが病気もしねえで達者でいられるのも、つまりはおめえがしっかり育ててくれてるおかげだ」

今日までの三年間、おれはなにひとつおめえたちの力になってねえ……熊五郎は両手を正座の膝に乗せていた。

「おれがどれだけ、てめえ勝手なことを続けてきたかは、ひとり身になって骨身に染みた」

見栄も虚勢も張らずに詫びる熊五郎を見て、おとくも気が和んだ。

「亀から聞きましたが、洗濯も自分でされてるそうですね」

「自慢することじゃねえが、しわを伸ばす鏝(こて)の使い方も達者になったぜ」

熊五郎の明るい様子を見て、おとくは目元をゆるめた。

「そこまでできるのなら……」

「おっかさん、言えばいいのに」

亀吉が割って入ってきた。

「きのう、おいらがちゃんの話をしたときは、おっかさんったらおいらの膝にくっつきそうなほど詰め寄ってきたくせに」

亀吉にばらされたおとくは、取り繕うことはしなかった。口を開く代わりに、おとくは目を伏せた。その所作を見た熊五郎は、一気に昔を思い出した。図星をさされてきまりがわるいとき、おとくはいつも目を伏せていた。

しかも俯いたおとくが髪に挿しているのは、熊五郎が浅草(あさくさ)で買い求めた銀の平打ちかんざしである。

女手一つで亀吉を育てる暮らしは、さぞや、きついものだったに違いない。そんな日々を送りながらも、かんざしは売らずにいてくれたのだ。

こんなおとくを前にしながら、てめえから言わねえのは男じゃねえ！

熊五郎はもう一度正座して、両手を膝に乗せた。

おとくも亀吉も熊五郎を見た。

「いまさら、こんなことを言えた義理じゃあねえんだが」

昂ぶる気持ちを懸命に抑えているのだろう。両手の甲の血筋が、くっきりと浮かび上がっていた。

「もういっぺん、おれと所帯を構えてくんねえな」

酒とはもう三年近く、きっぱりと縁切りをしている。

「これも大きな声で言うことじゃねえが、なかの遊びもあれっきりやめにした」

もう一度、所帯を構えてもらうのに、なにひとつ障りはねえと、強く言い切った。

「頼む、おとく。この通りだ」

熊五郎があたまを下げようとしたら、おとくが慌てて止めた。

「こんなあたしですが」

おとくも両手をしっかりと膝に乗せて、あたまを下げた。そのあたまを、熊五郎が上げさせた。

階下からひときわ強く、蒲焼きの香りが漂い上ってきた。どうやら仕上がったらしい。

階段を威勢良く踏み鳴らして、仲居がうな重三人前を運び上げてきた。こどもの亀吉にも、熊五郎は一人前を注文していた。

亀吉は重箱のふたを取る前から、そわそわしている。うな重を食べることなど、正月でもあり得なかった。

「遠慮はいらねえ、とっとと食いねえ」

熊五郎のひとことで、亀吉は急ぎふたを取った。蒲焼きの香りが立ち上った。

「いただきまあす」

熊五郎は我が子に見入った。

長屋当時の亀吉は、小さな茶碗を左手で包み持ち、右手の丸箸をごはんに突き立てて頬張った。

「お行儀がわるいから、やめなさい」

おとくに叱られても直らなかった亀吉が、いまは達者な箸づかいで、威勢良く食べていた。

知らずにきた母と子だけの暮らしを思い、熊五郎の胸がつかえた。それを追い払っておとくを見た。

「思えばおとく、昨日亀久橋で亀吉に逢えたから、こうしておめえとの縁を結び直すことができたんでえ」

熊五郎の心底からの言い分に、おとくも深くうなずいた。

「子はかすがいだてえが、まったくだぜ」

熊五郎が口にしたことを聞いて、亀吉は得心顔をおとくに向けた。

「だからおっかさんは昨日、おいらのあたまをちゃんの玄翁で叩くと言ったんだ！」

景清

（一）

文化元（一八〇四）年五月二十七日、正午前。

鏨彫り物師の定次郎は麻布永坂近くの往来を、杖を頼りに歩いていた。杖が先に出て身体があとを追う歩き方をする定次郎は、生まれつきの盲人ではなかった。

生まれたときから目が不自由だと、ものを怖がらない。犬でも牛でも、それがどんな姿をしているかを知らないからだ。

ゆえに首が先に出て、杖があとを追う歩き方になった。

目明きだった経験のある者は、往来にある障害物の怖さを知っている。そのため杖を先に出して様子を探り、身体が後追いをした。

母親のおせきは定次郎の前を歩き、つまずきの元になる石などを脇にどけていた。できることなら手を引いて歩きたいおせきだ。定次郎は頑としてそれを許さない。

「おっかあに手を引かれるしかなくなったら、おれは鑿で喉を掻き切るぜ」

息子の気性を分かっているおせきは、なんとか前を歩くことは承知させていた。

この数日、定次郎はひどく不機嫌だった。母親に八つ当たりはしないものの、長屋のだれとも口を利こうとしない日々を続けていた。

「家で塞ぎ込むばかりじゃあ、この温気には身体に毒だから」

外出には気乗りしない息子の尻を叩いて、芋洗坂下の長屋から引っ張り出した。

定次郎の前を気遣いつつ向かっているのは、永坂の蕎麦屋だ。細打ちの更科蕎麦が大きな評判を得ている、繁盛店だ。

まだ三十五の若さだが、両目が達者だったころの定次郎は、方々の寺社や大店から鑿彫りの注文のある業師だった。

「身体の芯に震えすら覚える、あの豪胆な鑿の使い方ができるのは、定次郎をおいてほかにはいない」

定次郎が彫り上げた像から発せられる魂のようなものに、顧客はみな魅了されていた。

去年の二月に発症した目の病は、わずか半年で定次郎を全盲にした。以来、仕事はできず、医者代・薬代の出銭ばかりの暮らしだ。

店賃やら日々の暮らしを支えるだけの蓄えはまだ残っていた。

いっときは按摩の修業にも出向いた。が、おれの本分は鑿彫り師だという、強い矜持が、修業の邪魔をした。

結果、身が入らず見切りをつけて、按摩稽古に出向くのを止めた。

しない代わりに限られた蓄えの無駄遣いは、厳に慎んでいた。

今日の更科蕎麦屋行きは、久々のハレの外出だった。

蕎麦屋まであと一町（約百九メートル）ほどの辻で、おせきは足を止めた。

「このところ日和り続きで、地べたが硬いからね。杖は弾き返されないかい？」

「心配はいらねえよ」

答えた定次郎の声は、出がけのときよりも明るくなっていた。やはり更科蕎麦を口にできるのが楽しみらしい。

まだ梅雨が明けた様子はなかったが、今年もまた二十三日から晴れの日が続いていた。

　毎年、この時季になると約束でもしたかのように晴れの日が続いた。

　五月二十八日は大川の川開きで、花火が打ち上げられる。花火の当日一杯、もしくは翌日までは上天気が保たれた。

「将軍様のご威光に違いない」

　江戸のあちこちで、これが言い交わされていた。

　花火打ち上げは明日の夜だ。今日の雨降りを案ずることはなかった。

　風が蕎麦屋のダシの香りを運んできているようだ。盛んに鼻をひくつかせた定次郎は、どうしたことか杖を肩に担いだ。そしていきなり鼻歌を歌い始めた。

〽なまじの目明きで、
　見たくもないものを見るよりもうう〜〜

「これ、定次郎」

　おせきは息子に駆け寄った。

「ここは往来で、どなたの目があるかも知れないじゃないか」

「それがどうした、おっかあ」

　定次郎は、わざと声を大きくした。

「おれが歌ったから、どちらさまに迷惑がかかるもんでもねえ。杖を肩に担いでいる分には、おれだって目明き衆とおんなじだぜ」

定次郎は歌の続きを始めて、一歩を踏み出した。ところがそこに小石が並んでいた。威勢よく踏み出したのが仇となり、石につまずいた。

「おおおっ」

杖を担いだまま、身体をつんのめらせたとき、辻から男が飛び出してきた。そして定次郎の身体を支えた。

「あっ……石田の旦那様……」

おせきが声を張った。受け止められた定次郎も、急ぎ身体を起こして離れた。

「石田の旦那に受け止められるとは、なんとも面目ねえ不始末で」

杖を地べたに突き立てると、定次郎は詫びの辞儀をした。

「妙な鼻歌が、どうも聞き覚えのある声だと思って足を急がせたら、やっぱりだ」

銘木問屋石田屋のあるじ、甚兵衛は呆れ顔を定次郎に向けた。

甚兵衛は注文主には留まらず、定次郎に歳の離れた兄のような接し方を続けていた。

あたかも木の内に秘められている像を見抜き、それを彫り出そうとするかのような、迷いのない鑿のふるい方……

その才を強く感じ取っているがゆえ、甚兵衛は常に定次郎を気にかけていた。

そんな甚兵衛だけに、息子の野放図な振舞いを止めようともしないおせきには、つい、きつい物言いを向けた。

「おせきさんがついていながら……」

「待ってくだせえ」

小言を言いかけた甚兵衛の口を、定次郎が抑えた。

「おふくろがわるいんじゃあ、ねえんでさ」

更科蕎麦屋が近づいたのが嬉しくて、つい調子に乗った。おせきに叱られているのも聞かず、杖を担いで一歩を踏み出したがために、石にけつまずいたと次第を話した。

「更科蕎麦が近いと言っても、まだ一町も先じゃないか」

甚兵衛がいぶかしげな物言いをした。

「目が不自由になってから、日に日に耳の聞こえと鼻の嗅ぎ工合がよくなりやしてね」

ここに立っていても、蕎麦屋のダシが鼻を突いてくると応じた。

甚兵衛は鼻をひくひくさせたが、鰹節の香りは感じなかったようだ。

「それは大したものだ」

正味で感心したあと、また目をおせきに戻した。

「ふたりで更科に行くところだったのかね」

問われたおせきは深くうなずき、あとの言葉を続けた。

「このところ、定次郎は宿に籠もり気味だったものですから、気晴らしにと思いまして」

答えに得心した甚兵衛は、一緒に行こうと誘った。

「時分どきで混み合っているに違いないが、なんとかなるだろう」

ふたりを従えて、甚兵衛は更科に向かった。まさに時分どきで、店先には多数の客が順番待ちをしていた。

「わたしについてきなさい」

甚兵衛は店には入らず、裏木戸に向かった。半纏姿の木戸番は、近寄ってくる甚兵衛にあたまを下げた。

「いきなりでわるいが、三人、昼を用意してもらえるかね」

「承知しやした。なかでお待ちくだせえ」

木戸を開くなり、三人を内に入れた。目の前には築山が広がっており、数寄屋造りの離れが造作されていた。

甚兵衛たちをその場に待たせた木戸番は、離れへと駆けた。そして幾らも間をおかずに駆け戻ってきた。

「あいにく六畳間しか空いておりやせんので、なにとぞご容赦くだせえ」

「こちらが勝手に押しかけてきたんだ」

鷹揚に答えた甚兵衛は、先に立って定次郎の案内を始めた。

「ゆるい砂利道の上りだぞ」

「承知しやした」

定次郎は杖を先に突き立てて、身体があとを追っていた。

先に離れの入り口に立った甚兵衛は、杖を頼りに上がってくる定次郎を見詰めていた。

更科蕎麦が離れを普請したとき、床柱や天井板などを調達したのが石田屋である。

甚兵衛はこの店では顔が利いた。

仲居の案内で三人が六畳間に入るなり、蕎麦屋の女将が顔を出した。

「あいにく、この小部屋しかご用意できませんで、申しわけございません」

女将は甚兵衛に向かい、畳に手をついて詫びた。

「こっちが勝手に押しかけてきたことだ」

木戸番に言ったのと同じことを言って、女将を安堵させた。

「ご用意いたしますのは、いつも通りでよろしゅうございましょうか」

女将に問われた甚兵衛は、定次郎を見た。

「わたしは蒸籠を二枚だが、おまえさんたちはなにがいいんだ？」

「せっかくですから、あっしは蒸籠を四枚、なにしてくだせえ」

「おせきさんはどうだね」

「蒸籠を二枚いただければ充分です」

おせきはやっとの思いで答えたらしい。言い終わるなり目を伏せた。

スコーン……

庭の鹿威しが、乾いた音で鳴いた。

（二）

離れとはいえ六畳間で、ふすまの向こうには他の客がいる。甚兵衛は当たり障りのない話に終始して、昼餉を終えた。

「定次郎と少し話をしたいから店まで連れて行くが、よろしいか？」

「ありがとうございます」

昼餉の礼を言ったおせきは、芋洗坂下の裏店にひとりで戻って行った。

石田屋は麻布一の橋たもとにある。更科蕎麦を出た甚兵衛と定次郎は、柳並木の川沿いを石田屋まで歩いた。

店に着くなり、甚兵衛は客間に招き上げた。

女中が茶菓を供して下がると、目の工合を問い質した。

「開山先生のお礼も、あれっきりきちんと言わねえままでやした」

膝元に置かれた湯呑みに器用に手を伸ばし、両手で抱え持ってひと口をすすった。あとは右手に持ち替えた。左手で茶托の置き場所を確かめてから、湯呑みを戻した。

「いまさら詫びることもないが、いまはよほどに悪いのか」

「へえ」

定次郎は軽くうなずき、あとを続けた。

「まるっきり、めえなくなりやした」

膝に両手を乗せて、見えない目を甚兵衛に向けた。

鏨彫り物師にとって、目は命も同然である。大得意先の石田屋甚兵衛にすら、定次郎は不具合ぶりを正直には話してこなかった。

つい先刻、思いがけないところで出くわしたことで、母親ともども蕎麦を振る舞われた。

親身に目を案じてくれているのが定次郎にも伝わって、いまは素直に話していた。

甚兵衛にだけはすべてを話そうと、肚(はら)を括(くく)っていたからだ。

「紹介した目医者にも行っただろうが？」

「もちろんでさ。真っ先に行きやした」

当時を思い返しながら、話を続けた。

＊

去年（享和(きょうわ)三年）の一月下旬のことだ。定次郎は納期に間に合わなくなったことで、石田屋まで断りに出向いていた。

そのときはまだ、うっすらと見えていたがため、杖なしだった。

夜鍋仕事を幾晩続けてでも、納期を違(たが)えたことは一度もなかった定次郎である。

「目の工合がよくねえもんで、鑿の切っ先が定まらねえんでさ」

こんな調子で続けたら、かならず大しくじりをおかすに決まっている。

「勝手を言いやすが目の調子が戻るまで、鑿は置かせてくだせえ」

向かい合っている甚兵衛の表情も、定かには見えなかった。

「承知した、定次郎」

甚兵衛は即答に近い返事をした。

「おまえほど腕の立つ鑿彫り物師は、関八州を見回してもせいぜい二人だ」

改築する仏間に据え置くつもりの仏像で、他所からの注文ではなかった。

「おまえの目が治るまで、気長に待っている」

応えたあと、甚兵衛は目医者を紹介すると言い出した。

一筆をもらって訪れたのは、駿河台下の目医者、渡邊開山である。目の不工合を感じ始めてから一カ月半が過ぎていた。

小柄で総髪の開山は、大型の天眼鏡で定次郎の両目をしげしげと診察した。そのあとで、あごひげを撫でながら所見を述べた。

「投薬二十日の後でなければ定かなことは申せぬが、治るやもしれぬ」

天竺からの到来薬は高価だが、それを承知なら調合すると告げられた。

煎じ薬で一日あたり百文。二十日分で二貫文もかかるという。

芋洗坂下の店賃は六畳間に四畳半の仕事場、三坪の土間つきで六百文だ。店賃三カ月分以上もする薬代だったが、目が治るなら惜しむものではなかった。

「ぜひ薬を調合してくだせえ」

診療代・薬代込みで二貫五百文を支払い、開山にあたまを下げて治療院を出た。その足で石田屋に顔を出し、医者の診立てを甚兵衛に話した。

「あの先生が治ると言うなら、もう安心だ」

宿に帰る定次郎を、甚兵衛は店先にまで出て見送った。

処方された煎じ薬は、舌が痺れそうなほどに苦く、また湯気からはくさやを焼いたときのようなひどい臭いが立ち上った。

「定次郎の煎じ薬です、ご勘弁ください」

おせきは長屋中を詫びて回った。

薬はしかし、一向に効き目を現さなかった。

毎朝井戸端で歯磨きの総楊枝を使ったあと、定次郎は両手を朝の明かりにかざした。薬の服用を始めた当初は、目から七寸（約二十一センチ）離した位置で五本の指が見えていた。

彫り物仕事には常に巻き尺を当てて、寸法を測ってきた几帳面な男だ。

両目から手のひらと指とが見える位置までの寸法も、毎朝巻き尺で測っていた。

服用を始めて十日目の朝、寸法は五寸にまで詰まっていた。二寸も見え方がわるくなっていたのだ。

最後の煎じ薬を飲んだ朝は、さらに一寸が詰まっていた。井戸端での見え方も落ちていた。つるべに吊（つ）り下げた水桶（みずおけ）の色も、茶色なのか灰色なのかが判別できなくなっていた。

開山と向き合うなり、定次郎は薬が効いていないことを訴えた。

「そんなはずはないのだが……」

定次郎の言い分を聞き入れず、天眼鏡でことさら詳しく診察した。

「あの薬が効かないのも道理だ」

天眼鏡を鹿革張りの桐箱（きりばこ）に戻した開山は、あごひげを撫でてから所見を告げ始めた。

「あんたの来院があと十日早ければ、薬も効いただろうが……残念ながら手遅れだった」

十日違いで薬が効かなくなったというのが、開山の診立てだった。

甚兵衛から紹介された手前もあり、定次郎は込み上げてくる怒りを懸命に抑えた。

しかしこの日を限りに、高い煎じ薬は断った。

甚兵衛に顛末（てんまつ）を伝えるのは億劫（おっくう）で、今日まで顔は出さなかった。

おせきは聞こえてくる評判を頼りに、江戸市中あちこちの医者に同行した。一番遠くは千住宿の外れまで、泊まりがけで一緒に出向いた。

桜も散り、葉桜となった並木道を、千住から麻布村まで半日を費やして帰った。

千住行きを最後に、医者通いは止めにした。どの医者の診立ても同じだったからだ。

「あと十日早かったら……」

開山と同じ所見が、医者の口からこぼれ出た。定次郎は目医者の診立てなど、あたまから信じなくなっていた。

甚兵衛にはなにも伝えぬまま、ひどく足が遠のいてしまった。

五月中旬の梅雨入り後は、外出が億劫になった。すでに両目とも、ほとんど見えなくなっていた。

朝、井戸端で口すすぎをするにも、一歩ずつ足を交互に確かめなければ、土間から出られなくなっていた。

日々の様子を見ていたおせきは、定次郎の手を引こうとした。

「よしてくれ、おっかあ！」

きつい言葉を投げられたおせきは、金縛りに遭ったかのように動けなくなった。

「手は引かねえでいいからよう。武市さんにそう言って、杖を一本、なにしてもらってくれ」

武市とは同じ長屋に暮らす、按摩の座頭（盲人）である。

息子の言い分を聞いた途端、おせきは両目から涙を溢れさせた。とうとう、定次郎が盲人となるのを覚悟したのだと察したからだ。

おせきから事情を聞いた武市は、定次郎の宿まで出張ってきてくれた。そして杖を握らせて、歩き方の稽古をつけ始めた。

この年（享和三年）の二月まで、定次郎は三日に一度は武市の按摩にかかっていた。鏨彫り物師の凝った肩は、武市の大事な得意先だったのだ。

「目明きのころを思って、いまのおのれに肚を立てないのが長生きのコツだよ、定さん」

武市の親身な忠告は、にわか盲人の胸に響いたようだ。

「これからも分からねえことが出てきたら、なにかとおせえてくだせえ」

見えない目を武市に向けて礼を言った。

五月二十四日になると、いつもの年に倣ったのか晴天が戻ってきた。晴れは二十八日の花火の夜まで続いた。

大川からは遠く離れた芋洗坂下だが、小さいながら音は聞こえていた。

ドーンという打ち上げ音に続き、バリバリバリッと花火の開く音が聞こえてきた。

何発も聞いているうちに、定次郎の様子がおかしくなった。

前年（享和二年）の花火を思い出したのだ。

柳橋の船宿ゑさ元からの注文で、四月に不動明王の木像を彫り上げた。

「うちの評判が、これで大きく高まります」

大喜びしたゑさ元の女将は、間で口利きをした甚兵衛ともども、屋形船での花火見物に招いた。

ゑさ元の上客ばかりを乗せた船は、両国橋のすぐ近くに錨を落とした。打ち上げのイカダから二十尋（約三十メートル）しか離れていない、特上の見物場所である。

轟音は屋形船を震わせた。また花火の燃えかすが船端に落ちてきた。

「凄まじい音と火薬のにおいが花火の醍醐味だてえのを、初めて知りやした」

まったく知らなかった花火の醍醐味を、定次郎は身体の芯から味わい尽くした。

小さくしか聞こえない花火の音が、目の見えていたあの夜を思い出させたのだ。

見えない目で立ち上がった定次郎は、四畳半の仕事場に入り、道具箱を探そうとした。が、おせきは先月のうちに隠していた。気の荒んだ息子に、鑿や槌で滅多なことをさせぬ用心としてだった。

「おっかあ、道具箱はどこでえ！」

声を荒（あら）らげるものの、おせきがどこにいるかは見えていない。

「とっとと道具箱を出さねえかよ」

我を失った定次郎は、手に触れたものを片っ端からぶん投げた。足を乗せた木っ端が滑り、後ろ向きに転んだ。

後頭部をしたたかに打ち、そのまま四畳半の板の間で気絶した。

明かりのない真っ暗な仕事場で、おせきは息子が息を吹き返すまでどうすることもできず、座したままでいた。

（三）

「そんなこんなのドタバタが続いておりやしたもんで、旦那には無沙汰の限りでやした」

定次郎は膝に手を乗せた形で詫びた。

「詫びなんぞはいいが」

茶で口を湿した甚兵衛は、物言いの調子を改めていた。

「医者があてにできないなら、神仏にお願いしてみたらどうだ？」

「へえ……それはそうでやすが……」

定次郎が煮え切らない返事をしたとき。

「お茶の代わりをお持ちしました」

女中が客間に入ってきた。

定次郎は深いため息をついていた。

「おふくろと連れ立って更科蕎麦を食いに行こうとしたのも……」

口ごもったあとの定次郎は、肚を括ったような顔つきになってあとを続けた。

「じつのところは、お寺参りが巧（うま）くいかなかったからなんでさ」

「どういうことだ、それは」

湯吞みを戻した甚兵衛は膝を動かして、間合いを詰めた。気配を感じ取った定次郎は、深呼吸をひとつくれてから答えた。

「あれは桜もすっかり散って、めっきり若葉の香りが豊かになってきた、四月中頃のことでやした」

代わりの茶を口に含んだことで、定次郎は舌の動きが滑らかになったようだ。

「赤坂（あかさか）の圓通寺（えんつうじ）には日朝（にっちょう）さんが祀（まつ）られていて、目の病には御利益（ごりやく）があるてえことを、おふくろが聞き込んできたんでさ」

「圓通寺の日朝さまのことなら、わたしも聞いたことがある」

甚兵衛は得心顔で大きくうなずいた。

日朝は室町時代の日蓮宗の僧侶で、各地に多数の寺院を開創した。赤坂の圓通寺もその一寺である。

「目の病に効くというのは、うかつにも知らなかったが……それで、どうなったのだ？」

「確かに御利益はありやした」

定次郎は苦々しげな口調で答えた。

「ありましたと言うなら、いやそうな物言いをするんじゃない」

強く窘められた定次郎は、背筋を伸ばして座り直した。

「いささか面倒な話になりやすが、仕舞いまで聞いてくだせえ」

喉を鳴らして茶を飲んでから、子細を話し始めた。

*

圓通寺なら目の病に御利益がある。

これをおせきが聞き込んできたのは今年（文化元年）の四月二十三日、夕方の七ツ半（午後五時）どきだった。

梅雨入りが近いのか、三日続きの雨降りである。暮れ六ツ（午後六時）にはまだ半刻（一時間）があったが、裏店はすっかり暗くなっていた。

「そいつあ、なによりの話だ」

木っ端を手にして香りを嗅いでいた定次郎は、おせきに顔を向けた。

「いまからでもおれは平気だが、おっかあには雨降りの夕暮れは遅すぎるからよう」

両目とも見えなくなって、すでに一年近くが過ぎていた。陽が落ちたあとでも定次郎には変わりはないが、年老いたおせきにはきついと考えたのだ。

「明日の朝飯後に、おれを赤坂まで連れて行ってくんねえ」

「それはいいけど、願掛け参りを始めたあとは、三七、二十一日の間は一日も欠かせないそうだよ」

雨続きのいま、おまえは毎日行けるのかいと、おせきは問うた。

「目が治るてえなら、おれはもう、なんだってやるぜ」

定次郎の返事にぶれはなかった。

命がけで神仏参りをする決意を、この日定めたばかりだったからだ。

完全な盲人となったあと、定次郎は武市からあれこれ「盲人の作法」を教わっていた。ついには生業(なりわい)としての按摩の技も、稽古をつけてもらうことになった。

武市に連れられて向かった深川平野町(ふかがわひらのちょう)の検校屋敷(けんぎょうやしき)で、五日間の泊まり込み稽古にも加わった。

指南役が了と判じた者には、特製の按摩の笛が支給された。この笛を持たない者は、江戸市中で按摩を生業にはできなかった。

「木肌の艶を大事にしてきた、鑿彫り物師だけのことはある」

ツボを押すときの指の動きがいいと、指南役の勾当(こうとう)（検校の補佐役）から褒められた。

「あと二度、この泊まり込み稽古を終えたあとは、検校様から笛を賜ることもできようぞ」

初回の五日間を終えた帰り道、武市は驚きを込めて定次郎の筋の良さを褒めた。しかし当の定次郎は、宿に戻るなり仕事場に座して考え込んだ。

「おれは鬘彫り物師だ」

定次郎は両手で顔を強く挟んだ。

「でえじな左手で鬘を握らねえで、どうしようてえんだ……」

数日、悶々と答えの出せないことに悩んだ末に、武市の宿を訪ねることにした。

「あたしはこれから出かけるからね」

帰りは日暮れ時になると言い残して、おせきは外出した。

ひとりになったあと、武市の宿を訪れるために、杖を何度も土間に突き立てた。五度目の決意で、やっと立ち上がれた。

雨降りだが、武市の宿は隣の棟の角だ。傘もささずに長屋の路地に出た。いまではすっかり杖の使い方にも慣れていた。

裏店の狭い路地も気にならずに、雨のなかを歩けた。

しかし隣の棟の武市を訪れるだけなのに、果てしなく長い道に感じた。

武市の宿の腰高障子戸は、わざと滑りがわるく作られていた。音を立てずに盲人の宿に忍び込む者を、軋む戸で防ぐためだ。

開きにくいのは承知だった。が、この日の戸は心張り棒もかっていないのに、ひときわ開くのに難儀をした。

やっとの思いで土間に入り、上がり框に腰を下ろした。

「今朝の障子戸は、ことさら滑りがわるいようでやすね」

努めて明るい声で前置きを言ったが、

「それは、あんたのこころが開けたくないと思っているからだ」

武市は硬い声で応じてきた。

「そんなつもりは……」

言っている途中の定次郎の肩に、武市の右手が伸びてきた。口を閉じろの合図だ。

黙った定次郎は、生唾を呑み込んだ。

「あんた、まだ鑿彫り物師に未練があって、按摩になる踏ん切りがつかないんだろう」

乾いた声で図星を言い当てた。定次郎は息を呑んだ顔になり、声が出なかった。

「勾当さんにはおれが小言を食らえば、それで済む」

硬い声のまま、それで済むと言い切った。その調子の硬いことが、それでは済まないことを告げていた。

さらに声が出なくなった定次郎は、ただ深いため息を繰り返すのみだった。

「いつまでもそんな了見でいたら、あんたはなにもできない、木偶坊の盲人でしかなくなるぞ」

硬いというより、怒りで声が尖っていた。

「目明きに戻りたいなら、命がけで神様、仏様に頼んでみろ」

いまさら遅いだろうがと言い添えて、武市は定次郎を宿から追い出した。

「あんたとは、いまを限りに縁切りだ」

詫びも言えず障子戸を難儀して開こうとする定次郎の背中に、止めの言葉を投げつけた。

やっとの思いで仕事場に戻り着いたあとは、ひたすら木っ端を手に取り、香りを嗅ぎ続けた。

木の近くにいることで、なんとか気持ちの平静を保っていたのだ。

そんな一日を過ごしていただけに、おせきが聞き込んできた日朝さんの話は、闇の中に灯された豆粒にも満たない線香の明かりに思えた。

「おれは満願日まで、やり通すぜ」

そうすることが、武市への詫びにもなると思っていた。

（四）

四月二十四日に始めた定次郎の日朝さんへのお参りは、五月十四日に満願日を迎える運びとなっていた。

参詣を始めて十日の間は、おせきが一緒だった。不慣れな道の先導役である。

十日目の参詣を終えたふたりは、いつも通り参道の茶店に入った。この店の番茶とまんじゅうを、定次郎はすっかり気に入っていた。

皮は薄く、黒糖を惜しまず使った餡が、薄皮を突き破りそうなほどに詰まっている。その豪気さが定次郎の気に入りだった。

店先の縁台に座ったあと、定次郎が茶菓を注文した。

「ありがとう存じます」

白髪混じりの婆さんは、歳には不釣り合いな艶のある声で応じて内に入った。

ふたりだけになったと察した定次郎は、脇に座したおせきの方に顔を向けた。

「明日からはおれひとりで大丈夫だ」

「大丈夫なものかね。芋洗坂からここまで、半里（約二キロ）はあるんだよ」

途中の道は上り下りも多い。おせきはきつい口調で拒んだ。

「満願日までには、まだ十一日もあるんだよ。お天気だって、いつ降るか知れたものじゃないし」

満願日までは一緒だよと言い切った。

「おっかあには男の見栄が分からねえから、そんなことを言うんだろうさ」

口を尖らせた定次郎は、声を潜めた。日朝さん参詣の参道である。ひっきりなしに茶店の前を、ひとが行き来しているのが感じられたからだ。

「親にくっついて、いつまでも歩いていたんじゃあ、幅が利かねえ」

明日からはひとりで参詣するぜと声の調子を強めたとき、婆さんが茶菓を運んできた。

「おまえがそう言うなら、仕方ないかねえ」

おせきはため息のあと、供された番茶に口をつけた。

「茶店の婆(ばば)が脇から口を挟むことではありませんが」

婆さんはおせきとの間合いを詰めて、声を小さくした。

「息子さんの声は潜めておいでても、なかにまで聞こえたものですから」

婆さんはおせきの目を見て先を続けた。

「日朝さまは目の病には霊験が灼かだと昔から言われています」

ひたむきに信心すればするほど、日朝さまは応えてくださるとの評判である。

「息子さんがひとの助けを借りずに、明日から満願日まで参詣するのは、とてもよいことだと思います」

婆さんが言い添えたことで、おせきも深く得心がいったようだ。

「なにとぞ、よろしくお願いします」

緋毛氈敷きの縁台から立ち上がり、茶店の婆さんにあたまを下げた。

「毎日の帰りには、いつも通りうちに立ち寄ってくださいね」

「もちろんでさ。ここのはうめえ」

婆さんの声に向かい、定次郎は明るい声で返事をした。

*

今日で満願という五月十四日は、雨降りで明けた。明け六ツ（午前六時）の鐘で起床した定次郎は、井戸端に向かおうとして腰高障子戸を開いた。

雨降りとはいえ、戸の外はすでに明るい。定次郎はいぶかしげな表情を見せた。が、それは束の間で、すぐに宿から出た。

井戸端は路地を渡った先だ。杖なしでも難なく歩けた。

大した降りではなかった。総楊枝と湯呑みを片手に持ち、手拭いを首に巻いて井戸端へと向かった。

障子戸を出たあと、十三歩で井戸のつるべが摑める。いつも通りの歩幅で進み、湯呑みと総楊枝を地べたに置いた。

つるべを摑もうとして見上げたとき。

「うおおっ！」

定次郎が素っ頓狂な声を発した。なにごとかと驚いたおせきが、駆け寄ってきた。

「いまのおれは、つるべの端を摑んでいるよな？」

「い、い、いるよなって、おまえの右手がしっかりと摑んでいるじゃないか」

それがどうしたのかと、おせきは質した。

「薄らぼんやりだが、つるべがめえてるぜ」

「ひええっ」

今度はおせきが悲鳴に似た声を発して、心底喜んだ。

急ぎ口をすすいだ定次郎は、おせきに手を引かれても嫌がらずに宿に戻った。そして自分の右手を目に近づけた。

「数は分からねえが、指みてえな形がめえてる気がするぜ」

「ありがたいねえ、定次郎」

おせきは息子の右手を、しわのよった自分の両手で包んだ。

「おっかあの手はめえねえがよう」

定次郎は母の手を優しく払いのけて、自分の両手を伸ばした。おせきの顔を包んだ。

そして、ひたいをなぞった。

「なんだか、しわが増えたんじゃねえか」

「いやなことを言うんじゃないよ」

おせきはぴしゃりと息子を窘めた。

定次郎は吐息を漏らして母を見た。

「おれの目が元通りになったら、仕事もばりばりと始めるからよう。おっかあにも楽をしてもらうぜ」

真顔で言う定次郎の物言いが、おせきの両目を潤ませた。返事はしなかったが、こぼれ落ちた涙が喜んでいた。

雨降りでも日朝参詣の人波はいつも通りである。傘をさして歩く分だけ、参道の混み具合はきつくなっていた。

この朝の定次郎は帰りではなく、行きがけに茶店に立ち寄った。参道の人混みがひどかったこともあるが、いつも気遣ってくれる婆さんに、目の工合が良くなったことを、伝えたかったのだ。

「とってもいいことじゃないか！」

いつものていねい口調ではなく、素の物言いで喜んでくれた。

「明日、カラスかあで目覚めたときには、定次郎さんの両目が見えているんだものね」

前祝いだと言い、婆さんはこの日の茶菓代を受け取らなかった。

「今晩は、お籠もりをさせてもらいやす」

定次郎の声が弾んでいた。

「明日の帰りは両目を開いて、うまいまんじゅうを食べに立ち寄りやす」

前祝いにしてもらった今日の茶菓代は、賽銭（さいせん）に加えますと言い残して、定次郎は寺に向かった。

蛇の目を叩く雨音が強くなっていた。

*

お籠もりの四ツ（午後十時）を過ぎても、定次郎はひたむきにお題目を唱え続けた。

「南無妙法蓮華経、南無妙法蓮華経……」

明日の朝には両目が見えると、固く信じている定次郎である。すでに参道の一膳飯屋で、腹ごしらえを済ませていた。

夕食を摂ったのは六ツ半（午後七時）。本堂の隅に籠もったのが五ツ（午後八時）どきだった。

はや一刻（二時間）もの間、定次郎は南無妙法蓮華経を唱えていた。力強さに変わりはなかった。

途中で本堂にひとが入ってきた。気配は察していたが、定次郎は気にも留めなかった。

「南無妙法蓮華経、南無妙法蓮華経……」

「なむみょうほうれんげきょう……」

いきなり女の声が追いかけ始めた。しかもお堂には似合わぬ、艶っぽい声である。

戸をすべて閉め切った内は、ただでさえ空気が蒸している。女の声、さらには鬢付け油と白粉の香りが、絡まり合い部屋の妖しさが増していた。

ひたむきに念仏を唱えていた定次郎の男が、場所もわきまえずに目覚めた。

「南無妙法蓮華経……」

お題目は唱えていたが、気もそぞろになった。目がまったく見えなくなってからは、女人の色香からは大きく遠ざかっていた。

実入りが途絶えていることもあった。が、それ以上に、気持ちが萎えていたのだ。明日の朝には目が見えるに違いない……この弾んだ気持ちが、心得違いの振舞いに及ばせることになった。

場所もあろうに……

日朝さまをお祀りしている寺の本堂で、定次郎は女に手を伸ばした。時季は夏である。雨は続いていたが、蒸し暑いほどだ。薄物一枚の上から定次郎に触られても、女は拒まなかった。

女人から遠くなってからの、長い日々が続いていた定次郎である。気持ちが一気に猛り上がり、伸ばした手の動きが大胆になった。薄物の胸元から分け入り、じかに肌に触れた。

形よく膨らんだ乳房を撫で回したあと、硬く尖った乳首を親指と人差し指で挟んだ。お題目を唱える女の声が揺れた。そして身体を定次郎に預けてきた。唱え続けてきたお題目が途絶えた。

（五）

「まったく、おまえというやつは……」

呆れ果てたという声が、甚兵衛からこぼれ出た。

「そんな了見では、日朝さまから仏罰を食らっても仕方がないところだ」

よくぞ今日まで生きてこられたものだと言ったあと、甚兵衛は深い吐息を漏らした。

「もう仏罰は食らいやした」

定次郎の口調は開き直っていた。

「目のわるい者同士が、たまたま本堂で一緒になっただけのことでさ」

あの夜を思い返しながら、定次郎は自分の振舞いを話し始めた。

「しかも甚兵衛さん、おれもあの夜の女も、正味で日朝さんを信じていたんだ。はなっから妙な了見を抱いて、お堂に籠もったわけじゃねえ」

話す声の尖り工合が鋭さを増していた。

「それなのに、せっかくめえそうになっていた目を、また真っ暗に戻しやがるとは、なんてえ狭い了見をしてやがるんでえ！」

閉じたままの定次郎の両目の端が、湧きあがる怒りで吊り上がっていた。

「あんときはまだ、丑三つ（午前二時）どきでやしたが構うことはねえ。もともと目はめえねえんだ、闇に沈んでいたはずの夜道も、杖を頼りにすいすいと進みやした」

雨降りが続いていた真夜中の道を、杖で叩きながら芋洗坂まで帰った。

「途中で何度も何度も赤坂の日朝さんに向けて、くせえ屁をぶっ放してけえってきやした」

言い終わっても、まだ定次郎の腹立ちは収まっていないらしい。深い息を吐き出す表情は、尖ったままだった。

ひと息をおいて、甚兵衛が話を始めた。

「おまえがしでかしたあとだ、いまさら何を言っても始まらないが」

言葉を区切った甚兵衛は顔つきを引き締めて、右の手のひらに力を込めた。その手で定次郎の頬を思い切り張った。

「なんてえことをしやがる！」

声こそ荒らげたが、定次郎は刃向かうことはしなかった。甚兵衛がどれほど自分の目を案じてくれているかを、身体の芯からわきまえていたからだ。

「神さま仏さまに向かって罵りを吐くようなことは、この先二度とするんじゃない」

甚兵衛の物言いは、いきり立っている定次郎を瞬時に鎮めたほどに重たいものだった。

「日朝さまのお怒りを解いていただけるのは、おまえの精進ぶりが心底のものだと分かっていただけたときだ」

この先百日でも二百日でも、ひたすら精進に励むしかない……甚兵衛の戒めの言葉を、定次郎は静かな表情で聞き始めていた。

「さりとて、いまさら日朝さまにもう一度、願掛け参りをするのも気持ちはおだやかじゃないだろうし、江戸にはまだほかにも、目に御利益のあるお寺はある」

甚兵衛がこれを口にしたとき、定次郎の背筋が伸びた。

「その様子ではおまえもまだ、口ではもう諦めたなどと言っているのとは裏腹に……」

途中で区切った甚兵衛は、目が閉じたままになっている定次郎を見詰めた。

気配を感じ取った定次郎は、さらに力を込めて背筋を張った。

得心顔になった甚兵衛は、先を続けた。

「神さま仏さまのお力にすがって、目を治したいという気はあるようだな」

「へい。もちろん、ありやす」

向かい合わせに座ってから、初めて定次郎は素直な物言いで答えた。

「おまえのその返答は、わたしに言うんじゃない」

甚兵衛は手を伸ばし、定次郎に天井を見上げさせた。

「この部屋におられる、八百万（やおよろず）の神さまにお願いをするんだ」

甚兵衛は丹田（たんでん）に力を込めてこれを口にした。

驚いたことにあの定次郎が、素直に甚兵衛の言葉に従った。両手を膝に乗せ、天井を見上げ続けた。そして……

「どうかてめえの両目がめえるように、ありったけの力を貸してくだせえ」

甚兵衛が指図したわけでもないのに、定次郎はこれを十回も繰り返した。

八・九・十回目のときは、閉じたまぶたの内から涙を落とした。

「これで日朝さん……いや、日朝さまにも、あっしの詫びは届きやしたでしょうか」

閉じたまぶたを甚兵衛に向けて問うた。

「おまえがしでかした不埒（ふらち）な振舞いは、度が過ぎている」

甚兵衛は吐息を漏らして言葉を続けた。

「そう簡単には許してはいただけないだろうが、わたしはいま、ひとつ決めた」

　正座に座り直して、甚兵衛は定次郎を見た。

「圓通寺のご本堂で呆れた所業に及んだのも、言ってみれば無理もないことでもある」

　まだ若いおまえが、長らく女人から遠ざかった挙げ句の不埒には、ただ戒めるだけでは片付かないこともあると、甚兵衛は戒めの言葉を結んだ。

　思いもしなかった成り行きに接して、定次郎は尻をずらした。

「ほかにも目に御利益のある寺社があると言ったのは、上野の清水寺のことだ」

　話に戻った甚兵衛を、両目を閉じた定次郎は食い入るように見詰めた。

「京の都にあるあの清水寺には、かつて平家の景清という武将が、おのれの両目をくりぬいて預けたという話が残っている」

　物知りで知られている甚兵衛である。景清が両目を奉納したいわれの肝の箇所を、かいつまんで聞かせた。

　源氏に捕らえられたが、景清はそのいさぎよき気性を了とされて助命された。

　生き長らえていれば、また源氏への敵討ちを企むは必定と、景清はおのれを顧みた。

　助命された恩に報いるには、この両目が邪魔だと思い知り、みずからの手でくりぬいて清水寺に預けた。

上野の清水寺は、京の縁戚寺である。

「あんな不始末をしでかしたおまえだ。お参りは二十一日では、とても足りない」

まずは百か日から始めなさいと、定次郎に告げた。

「目のために、今日からでも始めやす」

定次郎は本気である。いまにも座から立ち上がりそうに見えた。その気負いを、甚兵衛は穏やかな物言いで抑えた。

「おまえの本気ぶりは、わたしにも存分に伝わってきた」

ゆえに、もうひとつの手助けをすると告げて、子細を話し始めた。

「意気込みは充分に感じたが、芋洗坂から上野の清水寺までは、あまりに遠い」

両目の開いた達者な男でも、ざっと半日近くはかかるだろうと見当を明かした。

「幸いなことに神田松永町(かんだまつながちょう)には、先々代が構えた離れがある」

大川の川開きに得意先を招待するため、石田屋は総員態勢で支度を進めた。接待係の奉公人たちを寝起きさせてきた離れだ。

「おまえの両目が開眼するまで、あの離れを貸そう。部屋は五つあるから、おせきさんも一緒に住むことができる」

松永町から清水寺なら、杖を頼りに参詣しても片道一刻あれば充分だ。

「たとえ百か日でだめなら二百日、それでもまだなら三百日、四百日と、目が開くまで通い続ければいい」

あまりの運びに、定次郎は息遣いを荒くして聞き入っていた。

「あの離れには、常雇いの女中おすみがいる。歳は今年で二十八になったが、心根の優しい女だ」

離れの暮らしが始まったあとは、日々の世話はおすみに任せればいい。

「おせきさんには、縫い物仕事も寝起きもできる部屋があるんだ」

甚兵衛はここで、口調をがらりと変えた。

「おまえはおすみの手助けを借りながら、いっそのこと、所帯を構えるぐらいの気持ちでひとつ家で暮らせばいい」

身近におまえを心底案じてくれる女人がいてくれれば、不埒なことも思わないだろうと甚兵衛は結んだ。

しばしの間、定次郎から言葉が出なかった。甚兵衛も口を閉じて、定次郎を見詰めていた。

深いため息をついたあと、定次郎は顔を甚兵衛に向けた。

「なんだって甚兵衛さんは、こんなあっしに、そこまで力を貸してくださりやすんで」

「おまえが拵える鏨彫り物を、もう一度、手に取ってみたいからだ」

目さえ開けば、鏨を手に取ることができる。そして、あの彫り物仕事を続けられる……

「おまえの技を埋もれさせるのは、大きな財産を失うのと同じだ」

清水寺への祈願参詣を始めなさい、まずは百か日からだと、甚兵衛は念押しをした。

「お礼の言葉が浮かびやせん」

うつむいた定次郎の両目から、また涙がこぼれ落ちていた。

（六）

芋洗坂から神田松永町への引っ越しは、すべて甚兵衛が段取りした。おせきと定次郎は、身ひとつで越すことができた。

迅速な引っ越しができたおかげで、清水寺へのお参りは六月一日から始められた。

「今日は大事な初日ですから、ぜひにもおっかさんも一緒にお参りしましょう」

おすみは心遣いを示した。

艶やかさとは無縁の、低くて厚めの物言い。

白粉の香りなど漂わせず、手を引いてくれたときに感じたのは、水仕事を厭わぬ者の手のひらだった。

目は見えずとも、おすみは甚兵衛が請け合った通りのひとだと分かった。

母を大事に想ってくれたがこそ、初日は母も一緒のお参りをと、強く勧めてくれたのだ。

女のことで、せっかくの満願日をしくじっていたのだ。妙な気を起こさずに済むおすみをつけてくれた甚兵衛に、定次郎は胸の内で感謝の手を合わせた。

近頃はとみに曲がり気味になっていたおせきの背筋が、この朝はピシッと伸びた。

定次郎の脇に立ったおすみは、常に真横を保ちつつ歩みを進めた。

「おすみさんにお願いできて、本当に定次郎は果報者です」

並んで歩く姿を後ろから見たおせきは、何度も手拭いを目にあてていた。

始まりから十日の間、おすみは定次郎と一緒に参詣した。

「今日からは宿でお帰りを待っています」

明け六ツの鐘と同時に、ひとり参りを始めた定次郎は、昼前には戻ってきた。

昼餉を調えていたおすみはおせきも呼び、三人で昼の食事を楽しんだ。

毎日の食事には、硬いものが食べにくくなったおせきを気遣い、柔らか煮がかならず膳に載っていた。

切り方も小さい。嚙みきらずに食べられる、工夫と気遣いである。漬け物好きのおせきのために、おすみはたくあんを用意した。

庖丁で細かに刻んだ千切りのようなたくあんが、毎度小鉢に盛られていた。

「おふくろのことを気に掛けてくれて。本当にありがてえ……」

おすみは目の見えない定次郎にも、細かな気遣いを示した。

廊下掃除をやり過ぎると、定次郎が足を滑らせてしまう……そう判じたおすみは、拭き掃除を加減した。から拭きも抑える代わりに、まめにほうきを使った。

かわやの拭き掃除は念入りで、臭い消しの松葉は毎日取り替えた。

おすみの心遣いを、定次郎は深く受け止めることができた。

一日も早く目を治して、おすみに報いたいと、いまでは心底願っていた。

この思いに強く押されて、定次郎は毎日の清水寺参りに精を出した。

目が見えたら、真っ先に見たいものは「おすみの顔」だ……毎朝、これを願いながら口をすすぎ、朝餉を楽しみ、上野へと向かった。

離れには小さな庭があり、樹木も草花も植えられていた。

セミの鳴き声が落ち着いたあとは、夜のコオロギが主役を受け持った。

おすみと一緒に暮らし始めたことで、歳月の流れがいきなり速くなった。

遠い先だと思っていた満願日が、駆け足で近寄ってきた。

文化元年九月十日。百か日の満願日を迎えた。

いつも通りの朝餉を済ませた定次郎を、おすみは宿の戸口で送り出そうとした。

「今日の満願日が、なにとぞ上首尾に運びますように」

この朝、おすみは鑽(き)り火を切って定次郎を送り出した。そして戸口の外に立ち、辻を曲がるまで定次郎の後ろ姿を見送っていた。

＊

清水寺への坂道を、定次郎は一歩ずつ嚙み締めるかのように登った。

一刻も早く本堂の前に立ち、賽銭を投げたかった。そして手を合わせて願い、じわじわと目を開きたい思いにかられた。

満願日の今日は、手のひらが見えるに違いない。その喜びを早く味わいたいのだが、わざとゆっくりと登った。

本堂までは四町（約四百三十六メートル）の登り坂だ。一歩ずつの登りを続けながら、今日までのことを思い返した。

松永町に暮らし始めてからの日々には、いやな思いは皆無だった。おすみのおかげだと、定次郎には分かっていた。

そのおすみの顔を、今日は目にすることができるのだ。涼しげな物言いが、定次郎のあたまにおすみの像を結ばせていた。

本堂まで、残り三町だ。参道に漂ってきた焼き団子の醤油の香りで察しがついた。

残り二町は鳴子売りの土産物屋で分かった。軒下に吊り下げた鳴子は、定次郎が地べたを突く杖の音に合わせて、カタカタと鳴るのだ。

盲人の参詣客が多い清水坂ならではの、店の工夫だった。

あと一町の角は仏具屋である。参詣客に線香とろうそくを売る店だ。常に線香の煙が、参道にまで漂っていた。

ゆっくり歩き続けてきたが、線香の煙を鼻が感じ取った。歩みが止まった。

いよいよ、である。

定次郎は深呼吸のあと、一歩を踏み出した。

＊

成就を願いつつも、常にあたまから離れなかった恐れが、いま現実となった。

賽銭箱の前で、繰り返し繰り返し手を合わせてから目を開いた。

なにも見えず、目の前は真っ暗なままだった。腰が砕けそうになったが、懸命に両足に力を込めて踏ん張った。

深い失望感が湧きあがってきた。が、圓通寺のときとは違い、清水寺を罵ったり、悪態をついたりはしなかった。

この満願日を迎えるために、甚兵衛もおすみも汗を流してくれた。ここで悪態をついたりしたら、そのふたりに後足（あとあし）で砂をかけるような、非道な振舞いとなる。

分かっているだけに、定次郎は余計に両足に力を込めた。踏ん張るしかないからだ。

賽銭箱の前から脇に逃げた。本堂につながる木の階段がある。その何段目かに腰をおろし、ため息をついた。

これからどうしよう……

宿で待っている母とおすみに、どう言えばいいのか……

いまごろ甚兵衛さんは、なにをしておいでだろうか。目が開かなかったと知ったとき、いかほどがっかりさせてしまうことか……

立ち上がる気力も失せた定次郎が、何度もため息をついていたとき。

「えらいじゃないか、定次郎」

甚兵衛が声をかけてきた。

「甚兵衛さん……」

まさかここまで、甚兵衛がついてきてくれていたとは、思ってもみなかった。

気落ちして両肩を落としたあの姿まで、まるごと見られていたとは。

慌てて立ち上がろうとした定次郎を、甚兵衛は肩に手を乗せて押さえた。そして隣に座した。

「いまのおまえの姿をご覧になった景清さまなら、きっと力を貸してくださる」

甚兵衛は慈父のような物言いを続けた。

「次の百か日に向けて、仕切り直しをすればいい」

定次郎を奮い立たせようとして、甚兵衛は努めて明るい声で話を続けた。

「あっしだって、分かってはいるんでさ」

顔を甚兵衛に向けて、定次郎は続けた。

「分かっちゃあいやすが、おすみの胸の内を思うと、けえるのがつらくて……」

定次郎の語尾が下がった。

今朝の朝餉のとき、おすみは縫いかけのあわせを手に持ち、定次郎に向けた。

「この縞柄(しまがら)を、今日帰ってきた定次郎さんには、見ることができるのね」

声を弾ませるおすみに合わせて、おせきも何度も深くうなずいていた。

聞き終えた甚兵衛は、定次郎の手を摑んで立ち上がらせた。

「今日はわたしも一緒に、松永町まで行かせてもらおう」

昼餉を一緒に摂(と)りながら、明日からの次の百か日の段取りを話し合おうと、甚兵衛が先に一歩を踏み出した。

定次郎があとに続き、参道に出た。線香の煙を鼻に感じたとき、ポツリと降り始めた。

「まさか朝のあの上天気が崩れるとは」

雨具の支度がない甚兵衛は、定次郎をせっつきながら坂を下った。雨は一気に本降りとなり、坂下に着いたときは雷鳴が轟(とどろ)き始めた。

「ひええっ！」

甚兵衛が女人もかくやの悲鳴を漏らした。それを嘲笑(あざわら)うかのように、立て続けに稲光が鉛色の空を走った。

「わるいが定次郎、わたしは先に走るから」

なによりも雷が怖いという甚兵衛だ。薄情を承知で、定次郎を残して駆けだした。

取り残された定次郎は杖を握ったまま、雷雨のなかで棒立ちとなった。

その定次郎めがけて、雷が落ちた。

悲鳴を上げることすらできず、身体が一間（約一・八メートル）先まで吹き飛ばされた。

地べたに叩きつけられた定次郎の背に、大粒の雨が降り続いた。

一刻近くも降り続いた雨だったが、不意に止んだ。雨でできた水たまりのなかで、定次郎は正気に戻った。

ゆっくり上体を起こしたとき、寛永寺が鐘を撞き始めた。捨て鐘三打のあと、正午を告げる九つの鐘を撞き終えた。

すでに秋も深い九月十日である。時季外れの雷雨に濡れた身体だが、奇妙なことに寒さはまったく感じなかった。

ずぶ濡れのあたまから、ひっきりなしに雨水の珠が伝わり落ちてくる。まぶたの水玉を拭ったあと、定次郎は目を開いた。

目の上に水玉が落ちてこないように、あたまを下げて地べたを見た。

真上の空に戻ってきた陽が、身体の下にある水たまりを照らしていた。

「えっ……！」

最初はわけが分からなかった。が、水たまりが眩しく陽を弾き返しているのだ。

顔の前に突きだした右手は、人差し指の腹についた古い傷跡まではっきりと見えた。

両目が見えていた。

急ぎ立ち上がった定次郎は、清水寺を見上げて身体を二つに折った。

「ありがとうございます」

この言葉しか思いつかなかった。何度も深々と辞儀をし、礼の言葉を唱えていた。

＊

松永町の通りは、人で溢れていた。雷雨が止んだことで、一気に表に出てきたのだろう。

百日も、毎日歩いた道である。しかし家並みを見たのは初めてだった。

通りの真ん中で立ち止まっていたら、物売りの若い者にぶつかられた。

「往来の真ん中に突っ立ってるんじゃねえ」

きつい言葉を投げつけて、過(よ)ぎった。

まだ目明きには慣れていない定次郎である。目を閉じると、杖を頼りに宿へと向かった。

玄関前に立ち、目を開いた。格子戸の玄関は、陽を浴びて木目が輝いていた。

再び目を閉じると、いつも通り格子戸を開いた。戸には鈴がつけられていた。

音がするなり、おすみが出てきた。土間に飛び降りると、濡れ鼠(ねずみ)の定次郎の手を握った。

「次第は甚兵衛さんから聞いています」

また次の百日を一緒に始めましょうと、おすみは明るい声を出した。その物言いの途中で、定次郎は目を開いた。

思い描いた通りのおすみが目の前にいた。

「きれいなひとだ……」

定次郎のつぶやきに驚いたおすみは、息を呑んだような表情になった。

定次郎は深呼吸をし、ゆっくりと吸い込んだ息を吐き出した。

「はじめまして……」

後家殺し

（一）

天保三（一八三二）年六月四日、八ツ（午後二時）の四半刻（三十分）前。

夏日が降り注ぐ大通りを、藍色の半纏を羽織った男が森田座を目指して足を速めていた。

研ぎ宿「研ぎ常」の親方、常吉である。

ただ歩くだけでも、ひたいに汗が浮く暑さだ。それを承知で、常吉は濃紺厚手生地の半纏を羽織っていた。

習い事の師匠から、身なりを調えて向かうようにとの言いつけがあったからだ。

「わざわざ上方から、義太夫の由緒をおもしろおかしく漫談に仕立てて、江戸の素人相手に語りにこられたのだ」

小屋を満員にして、江戸者の心意気を示すように……

江戸でも名の通った義太夫の師匠、中堀十元に、きつく言いつけられていた。

陰では「じゅうげん先生」と呼ばれていたが、十は「つなし」とも読む。

ひとつ、ふたつ、みっつと九つまで数えたあと、十は「とお」となり、つが消える。

十をつなしと読むいわれである。

入門した弟子に、つなしの読みの起こりから説くのが稽古の始まりだった。

弟子の大半は上野から浅草にかけての、大店当主もしくは隠居である。研ぎ宿の親方である常吉は、変わり種の弟子だった。

常吉の声を聞いた十元が、みずから入門を口説いたというのも、ない話だった。

それだけに十元は、常吉の稽古にはことさら熱心だった。

「そう言っては身も蓋もないが、わしの弟子の大半は、いわば大店の旦那芸だ」

ひまを持て余した面々が、ひとりよがりに一段、二段を語っているにすぎない。

「おまえと伊勢屋さんは、他の面々とは筋が違う。存分に稽古に励みなさい」

義太夫で食って行ける弟子にしたいと、十元は真顔で何度も告げていた。

強く口説かれ、十元の技と息遣いを学び始めて、はや九年が過ぎていた。先代の急逝で引き継いだ研ぎ宿も、いまでは江戸中に名が通るまでになっていた。

義太夫の技を磨く以上に、常吉には職人を束ねる度量と眼力を磨くことが求められているときだった。

何人もの内弟子個々の技量に応じて、ときに叱り、あるときは正味で褒めて稽古をつける十元は、あらゆる意味で常吉の師匠だった。

目指す森田座まで、あと四町（約四百三十六メートル）の辻に、冷やし水を商う茶店があった。緋毛氈敷きの縁台を見たことで、一杯を味わい、首回りの汗を拭って小屋に向かおうと決めた。

「冷やし水を一杯……いや、二杯くだせえ」

白玉を浮かした冷やし水は、一杯六文である。ひとりで二杯の注文に気を良くした婆さんは、歯茎を見せて笑みを浮かべた。

半纏のたもとから取り出した手拭いで、常吉は首の汗を拭った。ぬるい風が、首筋を撫でて過ぎ去った。

白い光が縁台の先の地べたを焦がしている。眩さがつらくて両目を閉じた。

過ぎた九年が、不意に思い返された。

＊

ろくろ砥石を使うことで名を知られた研ぎ宿「研ぎ常」の先代（父親）は、文政六（一八二三）年の秋口に、心臓発作で急逝した。

いまから九年前のことである。

当時の常吉は向島の米屋から女房を迎えたばかりの二十七歳だった。

ひと通りの研ぎの技、わけても研ぎ常の看板であるろくろ砥石の研ぎ技は、先代から仕込まれていた。

が、研ぎ常には常吉より年長の職人が四人もいた。その四人とも、常吉より研ぎの技に長けていた。

常吉を除いた職人は八人である。その半数が年長者で、しかも揃っての腕自慢だ。

「この庖丁五本とも、平次さんに研ぎをお願いします」

「毛抜きの研ぎは、田助さんに」

顧客の多くが職人を名指ししてきたが、常吉をと言う客は稀だった。

先代の初七日法要を終えた夕暮れ前。年長の職人四人が連なって談判を申しいれてきた。

先代の急な葬儀のために、仕事が多数滞っていた。それを分かっていながらの、四人揃っての強談判だった。

常吉は仏壇を背にして座していた。町内の仏具屋で先代のために新調した、真新しい仏壇である。

丹田に力を込めて立ち上がると、四人を板の間に案内した。親父の骨壺の前では、話したくなかったからだ。

五人とも、あぐらを組んだ。最初に口を開いたのは四人の頭領格、平次である。

「研ぎ常がここまでになったのは、親方（先代）を脇から助けて働いてきた、おれたち四人がいたからだ」

常吉の正面に座した平次の言い分に、常吉は強くうなずいた。

「あにさんたちが先代を支えてくれたおかげで、研ぎ常のいまがあります」

先代が急に逝ったいま、それを痛感していますと、穏やかな物言いで続けた。

「そこまで分かってるてえなら、話が揉めることもねえ」

あぐら組みの尻をずらした平次は、常吉との間合いを詰めた。

「おれたち四人は、親方には目一杯鍛えて貰った恩義はあるが、おめえさんにはこれっぱかりもねえ」

親方が後ろに控えて、目が光っているなかでの代替わりなら、おれたちにも文句はねえが……平次の目の光が粘りを帯びた。

「親方がいなくなったいまは、話は別だ」

平次が言葉を区切ると、他の三人もあぐら組みのまま、常吉のほうに詰め寄った。

「たとえ惣領息子だろうが、研ぎの技も未熟なあんたを、研ぎ常の親方に担ぐ気はさらさらねえ」

言い切った平次に合わせて、残る三人も目の光を強めた。

「おれっちを研ぎ常の親方に据えるか、おれたち四人がケツを割って出て行くか、ふたつに一つだ」

迫る平次の物言いは、ズイズイと研ぎあげた刃物のように鋭かった。

「分かりました」

常吉は四人を順に見たあと、平次に目を戻して貼り付けた。

「そういうことでしたら、いますぐに研ぎ常から出て行ってください」

平次を見詰めたまま、一気に言い切った。

「なんだとお！」

こんな返事は考えてもいなかったのだろう。平次の脇に座した田助が、片膝を立てて声を荒らげた。

その男を抑えて、平次が口を開いた。

「おれたちを出すてえことは、研ぎ常のお客もろとも外におっぽり出すてえことだが、それでいいてえんだな？」

「結構です」

常吉は静かな声で答えた。

「てえした物言いだが、研ぎ常はこれで潰れちまうぜ」

平次は嘲笑いを浮かべた顔を、常吉に向けて突きだした。

「大きなお世話だ」

五人が座している板の間が、びりびりっと響いたほどの大音声だった。

「この先うちがどうなろうが、ケツを割って出て行くあんたらに、とやかく言われる筋合いはない」

常吉の怒声は、ろくろ砥石を回している仕事場にも、夕餉の支度を進めていた炊事場の女房にも聞こえていた。

「断っておくが、出て行くと言ったのはあんたら四人で、おれじゃあない」

ここまで言ってから、常吉は声を元の静かな口調に戻した。

「出て行く支度を調えるのに、どれだけあれば足りますか？」

真正面から問われて、平次も他の三人も口ごもった。代わりに常吉が話を続けた。

「あと四半刻もすれば暮れ六ツ（午後六時）です」

常吉が口にした見当の通りで、板の間に差し込む西日も威勢が失せていた。

「いまから一刻（二時間）後、五ツ（午後八時）までに支度を済ませて、もう一度ここに顔を揃えてください」

それまでに、未払いの給金を勘定しておきます……常吉は四人に有無を言わせず、先に立ち上がった。

まさか、研ぎ常の肝となる自分たち四人を追い出すなどとは、考えてもいなかったのだろう。

あてが外れたという顔を見交わした四人だが、自分たちが言い出したことである。ぶつくさ小声を漏らしながら、連れ立って板の間から出て行った。

「なにがあったんですか」

顔から血の気の引いたおみねが、台所から駆け寄ってきた。

「急ぎ出かけることになった。千筋の結城を出してくれ」

細い縞柄で、遠目には無地に見える極上物が千筋である。とってきの外出着だ。

身支度を言いつけたあと、常吉は仕事場に向かった。常吉よりも年下の四人が、研ぎ仕事の手を止めて近寄ってきた。

平次たちとのやり取りが、仕事場にまで筒抜けだったのだ。

「明日から……いや、そうじゃない。たったいまから、おまえたちが研ぎ常を支えることになる」

力をあてにしてるぜと言い置くと、仕上げ砥石ひとつを手にして仕事場から出た。

四人の職人は背筋を伸ばして、常吉の後ろ姿を見送った。

（二）

身支度を調えた常吉は砥石を袱紗に包み、同じ町内（稲荷町）の質屋、伊勢屋を訪れた。

上野寛永寺は、つい今し方に暮れ六ツを撞いていた。

伊勢屋の小僧たちは六ツ半（午後七時）の店仕舞いに備えて、表玄関先の掃除を始めていた。

　とはいえ質屋の玄関は、小僧たちが掃除をしている表通りにはなかった。人目につかない路地に設けられているのが大半である。

　稲荷町の伊勢屋も同じで、表の玄関はあるじ一家が出入りする「奥玄関」だった。

　常吉は表を掃除している小僧に声をかけた。

「頭取番頭の伊兵衛さんに、研ぎ常の常吉がお目にかかりたいと、つないでくだせえ」

　すでに陽は沈んでいたが、きちんとした身なりであるのは、小僧にもひと目で分かった。

「ここでお待ちください」

　急ぎ格子戸を開き、番頭へのつなぎに向かった。幾らも待たせることなく、小僧は駆け戻ってきた。

「どうぞ、ご一緒に」

　小僧の先導で、常吉は伊勢屋の奥玄関から内に入った。案内されたのは調度品もない、六畳の客間だった。

　勧められた座布団に座り直したとき、伊兵衛が入ってきた。

つい先日の先代の葬儀の折、伊兵衛から親身なあいさつを受けていた。客間に入ってきた伊兵衛も、常吉を覚えていた。

「質屋が生業のてまえどもに、なにか御用がおありでしょうか？」

声も表情も、突然の常吉の来訪をいぶかしんでいた。同じ町内にいながらも、質屋と研ぎ常は縁がなかった。

伊兵衛が親身な声をかけたのは、賄い女中が刃物の研ぎを研ぎ常と決めていたからだ。

「親方の息子さんはあたしのような女中にも、とってもていねいな物言いをしてくれます」

なにより若旦那（常吉）は、とっても声がいいんですと、女中は褒めちぎっていた。

そんなこともあり、伊兵衛は常吉に気持ちのこもったあいさつをしていた。

が、それだけのことだった。陽の沈んだ六ツ過ぎに、名指して訪ねて来られるほどの付き合いではなかった。

常吉は背筋を伸ばして伊兵衛を見た。持参した袱紗は開かれており、砥石が見えていた。

「この砥石は、研ぎ常の身代そのものです」

長方形の分厚い、仕上げ砥石である。

「この砥石を質草に、八十両を拝借させてください」

肚の据わった物言いである。

女中が口にした「声がいい」の意味を、伊兵衛は深く得心できていた。八十両という大金の用立てを頼みながら声の調子からは、かけらも物乞いが感じられなかった。

しかも質草は砥石ひとつだ。これを差し出すのは、研ぎ常を担保にするも同然の覚悟の表れだ。

客間には煙草盆も出てなければ、茶も供されてはいなかった。質屋という稼業柄、談判の場にはどちらも無用だった。

金子の用立てを求める客と、番頭が客間で向き合うのは極めて稀である。大方の客は土間で手代と談判した。

質素な拵えでも、通すように指図したのは土間ではなく部屋だった。

深い付き合いはなかった研ぎ常だが、質屋の番頭は町内事情に通じている。

親の急死で跡を継ぐことになった息子が、名指しで面談を求めてきたのだ。真剣勝負の部屋で向き合うのは、相手への礼儀だと伊兵衛は考えていた。

「返済は、いかようような手立てを考えておいでなのか、それをうかがいましょう」

伊兵衛は物静かな口調で質した。

「先代が寛永寺近くの両替屋・幾野屋に預けてある蓄えが、四百五十八両あります」

五十両以上を引き出すには、二日前の通知が必要という約定を交わしていた。

「明日には家内を幾野屋に差し向けて、八十両の引き出しを告げて参ります」

両替屋から引き出すまで、本日から四日間、用立てていただきたいと頼んだ。

常吉は砥石の脇に、巾着から取り出した幾野屋の出納帳を添えた。伊兵衛は帳面を開き、残高に間違いのないことを確かめた。

「用立てるには、まことに確かな質草ですが、なにゆえこれほど急な金策が入り用なのか、ぜひにもうかがいたい」

伊兵衛は語調を強めて、さらに先を続けた。

「質屋の利息は月に九分が定めです。たとえ一日だけでも、ひと月丸々でも、戴く利息は同じです」

両替屋から引き出すまで、支払いを先延ばしはできないのかと、常吉に問うた。

「先延ばしするなど、わたしには毛頭その気はありません」

利息を払って済むなら、先代も同じ手立てを考えたと思いますと答えた。

「どちらに支払うのか、それもぜひ聞かせていただきたい」

いただきたいと頼みながら、教えろと命じたも同じだった。居住まいを正してから、常吉は四人の職人に払う給金だと明かした。

平次の月極給金は二両二分、他の三人は二両である。給金合計の八両二分なら、手元にあった。

四人とも、研ぎ常を辞めて出て行くという職人である。常吉はひとりにつき、二十両の割増し給金を支払う気でいた。

「これだけ払えば後腐れなしに、出て行ってもらえるはずですから」

ひとり二十両は破格の割増し給金だと思うと、伊兵衛に告げた。

子細を聞き終えた伊兵衛は、八十両の用立てを拒んだ。

「なにがよくねえんで？」

常吉は思わず職人言葉で問い質した。

「八十両ではなく、百両ならご用立てしましょう」

正面から常吉を見詰めて話を続けた。

「そういうご事情なら、四人に一年分の割増し給金を支払うのが良策です。二十両も桁違いの多額ですが、どこか半端です」

一年分の割増し給金を支払っておけば、「さすがは研ぎ常さんだ」と、周りの声が違ってくる。

二十両では、せっかくのカネが生きませんと、伊兵衛は結んだ。

「そこまでは思い至りませんでした」

常吉は深く礼をいい、こうべを垂れた。

「本日から三日後に全額を返済いただけたときは、利息を三分とさせてもらいましょう」

元利合わせて百三両でいいと、伊兵衛は特段の扱いを約束した。

「四人に対して即刻に暇を出すという、あなたのご判断には感服しました」

伊兵衛は正味の物言いで、まだ年若い常吉の決断を評価した。

「いかほど腕がよくても、そんな四人ではいつまた出て行くと凄むやも知れません」

難儀を承知で暇を出すと肚を括られた、その舵取りを買っての用立てだと、常吉との談判を閉じた。

「金子を調えてくるまで、暫時ここでお待ちください」

言い置いて、伊兵衛は座を立った。

百両貸し出しの質札作りは、伊勢屋ほどの質屋でも滅多にあることではない。しかも三日後の完済なら、利息は三分という特段約定での貸し付けである。

決め事を但し書きした質札作成には、相応の手間がかかった。心地よい響きの節がつい
待っている常吉の耳に、奥座敷から男の声が流れてきた。心地よい響きの節がつい
た、初めて聞くものだった。

耳を澄まして聞いていたら、節つきで物語を語っているかに聞こえた。しかも三味線が、節々で合いの手を入れている。

声のよさと節回しのよさに、常吉はすっかり聞き入っていた。

金子と質札を盆に載せて伊兵衛が戻ってくるなり、常吉はあの声はなにかと問いかけた。

「旦那様が稽古をつけてもらっている、義太夫です」

耳障りでしたかと、伊兵衛は案じ顔で問いかけた。

「耳障りなどとは、とんでもありません」

まことに心地よい響きですと答えた。

伊兵衛は盆を膝の脇に置いたまま、驚いたという顔を見せた。

「わたしに義太夫を心地よいと言ったのは、あなたが初です」

伊兵衛はまじまじと常吉を見詰めた。

「あなたのその声なら、稽古次第で見事な義太夫を語るかもしれませんな」

感じたままを常吉に伝えてから、伊兵衛は百両の金子を貸し付けた。

*

五ツを寛永寺が撞き始めるなり、四人の職人は板の間に戻ってきた。私物を詰めた小型の柳行李（やなぎごうり）を、銘々が脇に置いていた。

四人分の座布団が用意されており、三方（さんぽう）には紅白の水引きをかけた奉書包が載っていた。

四人は銘々の名が記された奉書包が載った、三方の座についた。

「長らくのご奉公、ありがとうございました」

常吉は気持ちを込めて、ねぎらいを言った。その言葉を聞きながらも、四人の目は奉書包に釘付け（くぎづ）けになっていた。

平次の名の下には「金三十二両二分」、他の三人には「金二十六両」の金高が書かれていたからだ。

包まれた小判の厚みで、奉書は大きく膨らんでいた。

「研ぎ常を出て行かれたあとも、なにとぞよしなにお付き合いのほど、賜りますように」

ていねいな物言いからは、常吉の正味の想いが伝わってきた。すでにケリはついたのだ。

四人はだれひとり、常吉のここまでの思い切りのよさに、思い及ぶことはできていなかった。

「こちらこそ、お願いしやす」

やっと出た声は、期せずして揃っていた。

三日後には約定通りに、伊勢屋から用立ててもらった百両と利息三両を返済した。

その翌日午後、羽織・袴（はかま）姿で総髪（そうはつ）の客が研ぎ常を訪れた。

急ぎの研ぎを仕上げている真っ只中（まっただなか）である。職人を背負った常吉は、下腹の底からの声で、四人に指図をくれていた。

客あしらい役のおみねは、間の悪いことに裏庭で洗い物を干していた。三本の竿（さお）に干し終わったところで、店番に戻った。

その間、客は仕事場を見詰めて耳を澄ましていた。

「気づきませんで、とんだご無礼を」

詫（わ）びるおみねを手で制して、男は中堀十元だと名乗った。

「伊勢屋の伊兵衛さんから、ご当主のことをうかがいましてな」

初対面にもかかわらず「暫時、話をさせていただきたいのだが」と、十元は続けた。

相手の身なりと物腰から、ひとかどの人物だと察した常吉は、どうぞと先を促した。

「ひとの声とは、まことに正直での。隠すより現るというが、それはまさに声のことだ」

響きのいい声、涼しげな声など、ひとは声のことをさまざまに言うが……

「そなたの声は、そんな軽いものではない」

初めて十元は、常吉を正面から見詰めた。

「身体を張って仕事と向き合っているそなたが発していた、あの指図は佳き声だ」

褒める十元の声こそ、常吉の腹に響いた。

「そなたの声は、ひとを従わせる強さを秘めておる。強さは艶をも備えている、希有な質のものだ」

十元は名乗ることも忘れて、常吉の声を褒めた。

これが常吉と十元との出会いだった。

強く口説かれて、翌月初めから常吉は十元に弟子入りして義太夫の稽古を始めた。

思い返しを閉じた常吉は、二杯分の冷やし水代を婆さんに払った。

「よく冷えていて、美味い水だった」

白玉も美味かったと付け加えた。

「お客さんは、惚れ惚れするほどの佳きお声ですねえ」

婆さんの褒め言葉を背中で聞きながら、常吉は森田座を目指して歩き始めていた。

＊

（三）

森田座がすぐ前にまで迫ったとき、常吉の足が止まった。様々な身なりの者が、小屋の前に群れを作っていたからだ。

十間（約十八メートル）もある通りを塞ぐほどに、ひとが群れていた。

今日の森田座は、上方からきた太夫が義太夫の講釈をするのが演し物だ。ぜひにも観ておくようにと、十元に強く勧められていた。

まさか、義太夫にこれほどの人気があったとはと驚き、思わず足が止まった。

こんな人だかりなら、もしや札止め（売り切れ）か？

案じた常吉は、人をかき分けて前に出た。小屋の入り口には、巨大な看板が立てかけられていた。が、もぎり（入場札売り）の若い衆たちに、札を求めて並ぶ者は皆無だった。

いぶかしく思いつつ、常吉は看板を見た。

高さ八尺（約二・四メートル）、幅四尺（約一・二メートル）もある大板の全体が、真っ黒に塗り潰されていた。その地の上に、紅色文字で「後家殺し」と書いてあった。

紅は血の色を思わせた。黒と赤とが鮮烈な対比を作り出している。

小屋の前の人だかりは、この大看板見たさの群れだったのが分かった。

なんのことだ、後家殺しとは？

看板の前で、常吉は声を漏らした。

「そこに突っ立ってないで、脇にどいてくれ」

常吉に向かって尖った声が飛んできた。看板がよく見えない後ろの面々が発した、怒りの声だった。

「気づかないで、済まねえことをしやした」

慌てて看板前から動いた先に、もぎりの若い者が立っていた。

「看板だけじゃあ、後家殺しのおもしろさが分からねえでしょうに」

一枚五十文の札を買って、なかに入ってくだせえと常吉に勧めた。

「もとよりその気で出てきたんだ」

袂から紙入れを取り出した常吉は、小粒銀ひと粒（八十六文相当）を握らせた。釣り銭は心付けだというと、もぎりの顔がほころんだ。

小屋の前に何人もいるもぎりは、一枚五文が実入りだ。小粒の釣り銭は大きい。

「あっしが案内しやすから」

先に立って案内を始めて、常吉を舞台から三列目の真ん中に連れて行った。気持ちのいい祝儀をくれた客のために、もぎり衆が確保している桟敷だ。

「どうぞ、こちらでごゆっくりと」

三十文の心付けが、よほどに嬉しかったらしい。常吉に深くあたまを下げてから、若い者は離れた。

八ツの鐘の音が浅草寺から流れてきても、まだ幕は開かなかった。大看板前の人だかりは凄かったものの、木戸銭を払ってまで義太夫の講釈を聞きたい者はさほどにいないのだろう。

開演予定を過ぎても、小屋の入りは半分程度だ。常吉の隣の桟敷もまだ空いていた。十元が案じていたのは、このことだったのかと、常吉が吐息を漏らしたとき。

「桟敷は、こちらでやす」

別のもぎりが女のふたり連れを案内してきた。明らかに主人と供の組み合わせだ。主人はさぞかし、心付けをはずんだに違いない。もぎりは片手に、替えの座布団まで提げていた。

「前を失礼いたします」

断りを言った女の声の艶に、常吉は思わず顔を上げた。喉元の白さに惹きつけられた。

桟敷とはいえ、囲いがあるわけではない。薄い座布団が置かれているだけだ。あぐら組みで坐している常吉の前を、女は遠慮気味の狭い足取りで通った。

供は風呂敷包みを抱えた、若い女である。常吉に気遣うことなく、大股で行き過ぎようとした。

「お供さん、これを……」

もぎりは供の女に向かって、座布団一枚を差し出した。もう一度常吉の前を行き来して、座布団を主人のために敷いた。

い。

あまりの無作法ぶりに、常吉は呆(あき)れ顔を拵えていた。それに女主人は気づいたらし

供の無作法を詫びるような会釈を示してから、座布団を敷き直した。

その所作がきっかけになったかのように、開幕を告げる柝(き)（拍子木）が鳴った。

＊

たとえば……

「お客はんもご承知の通り、義太夫がええところまで行きましたら、客席から声がかかりますねん」

太夫の言葉を受けて、三味線が弾かれ始めた。うまく息遣いを合わせてから、太夫は節をつけて語り出した。

義太夫好きの客ならだれでも知っている「伽羅先代萩(めいぼくせんだいはぎ)」のうちの「子別れ」の場だ。

さすがは遠路、江戸まで出向いてくる太夫である。ただのひと節で、小屋の客の心を摑(つか)んだ。

その静寂を、もぎりが破った。太夫の芸に魅了され、客席が静まり返っていた。

「まってました！」

「どうする、どうする……」

ふたりのもぎりが、この声を発した。

客席に掛け声が行き渡ったのを確かめてから、太夫は語りを止めた。

三味線も太夫とともに静まった。

「いまの掛け声、まってましたやら、どうするどうするやらが、江戸のお客はんから頂戴するお世辞ですわ」

巧みな話術で客席から笑いを取りながら、太夫は話を続けた。

頃合いよしとなったところで、また三味線が鳴り始めた。太棹が、力強いバチさばきで奏でられている。

その三味線に負けじとばかり、太夫が語り始めた。喉の響きのよさが、客席に伝わってきた。

ここでまた、もぎりが声を発した。今度は三人の若い者が声を揃えていた。

「後家殺し！」と。

三味線と語りを、三人の掛け声の大きさが上回っていた。

後家殺しとは、義太夫の掛け声だったのだ。

客は、掛け声を発したもぎりの三人を見詰めていた。こんな掛け声は、いままで耳にしたことがなかった。

太夫の芸に官能を刺激されていた客たちは、深く納得した。

そうか、後家殺しとは、身持ちの堅い後家さんですら、感極まって身もだえしてしまう場での、情念の掛け声なのだ、と。

その気配やよし、と判じたのだろう。

太夫も三味線も静かになった。

客席のざわめきが収まったのを感じ取ってから、太夫は話に戻った。

「なんでこんな掛け声になったんかは、わてもよう知りまへんのですわ」

おどけた口調に、客席がどっと沸いた。

「そやけど大坂では、ええとこまでうなったときには、あっちこっちから後家殺しと言うてもらえますのや」

太夫は言葉を区切り、客席を見回した。常吉の隣の桟敷で、太夫の目が止まった。

「今日のお客はんは、べっぴんさんがようけ揃うてますなあ」

太夫の物言いには、正味に近い響きがあった。

「ただのいっぺんでよろし」

声を張り気味の太夫の目が、また隣の桟敷に戻ってきた。女主人も、尋常ならざる熱を帯びた目で見詰め返していた。

「桟敷を埋めてくれはったおひとから、後家殺しの声をもらいたいもんですわ」

女主人が身もだえで応じたのを、同じ気性の常吉は感じ取った。そして、うろたえを覚えた。

名人の喉にかかった義太夫とは、こうまでも身体の芯に手を伸ばしてしまうのか、と。

女主人の白い喉が、感極まって悶えていたさまが、常吉の脳裏を焦がしていた。

＊

常吉があぐら組みの姿勢で、舞台の太夫を睨み返していたとき。

江戸湾の神奈川沖では突然の暴風に襲われて、釣り船が大揺れしていた。船の客は質屋当主の伊勢屋正左衛門と頭取番頭の伊兵衛、そして義太夫師匠の中堀十元である。

正左衛門は義太夫以上に魚釣りを好んだ。

「ひとはよく三度のメシよりも……と、好きなことのたとえを言うが、わたしも伊兵衛も、まことにその通りだ」

正左衛門が心底の物言いで言った通り、頭取番頭の伊兵衛ともども魚釣りが一番の楽しみだった。

正左衛門の義太夫師匠の十元も同じである。

十元が弟子の常吉に森田座行きを強く勧めたこの日、正左衛門、伊兵衛、十元の三人は品川で仕立てた釣り船で神奈川沖まで遠出をしていた。

いまの時季の神奈川沖は、運が良ければ真鯛の群れにぶつかると言われていた。

去年も正左衛門と伊兵衛は、同じ時季に挑んでいた。が、あいにく真鯛はかからず、外道のサバが入れ食いという羽目を食らっていた。

「わたしは真鯛と相性がいい」

強く言い切る十元の言葉を受けて、三人は早朝から品川湊に出向いた。

柳橋で仕立てた舟を、品川で乗り換えるというぜいたくができるのも、伊勢屋の身代があればこそである。

三人乗りの猪牙舟は、船頭に恵まれた。目一杯に飛ばしたおかげで、品川には五ツ(午前八時)には行き着いた。

ところが品川では船頭が出払っていた。

正左衛門たち同様に、真鯛の群れを期待する客が、夜明けとともに押し寄せていたのだ。

「いま残っているのは、まだ海に出て二年少々の若いのだけでさあ」

あと半刻（一時間）もすれば、ひとり出てきやすのでと、差配が申し訳なさそうに告げた。

「半刻なら待ちましょう」

気は急いていたが、船頭がいないのでは待つしかなかった。

差配が言った通り、五ツ半（午前九時）には、ひとりの船頭が顔を出した。

しかし前夜の深酒がたたり、とても神奈川までの海に出られる状態ではなかった。

「なんとか段取りしてもらいたい」

半刻も待った挙げ句の、この次第である。正左衛門の物言いも、つい尖りを帯びていた。

「羽田沖までなら、若いのでも大丈夫でさ」

三人を待たせていた差配も、深く責めを感じたらしい。半刻前には無理だと言っていたのに、羽田沖までならと譲歩してきた。

「とりあえず、出してもらおう」

どこにするかは船頭の櫓さばきを見て決めると、正左衛門は差配に答えた。

差配も若い船頭も、その言い分を呑んだ。

いざ船を走らせ始めると、なかなかの櫓さばきを示した。帆柱を立てると、船は疾走を始めた。船頭は若いながら、風の摑みもよかった。

「この調子なら、神奈川まで行けるだろう？」

正左衛門の問いかけに、船頭は大きくうなずいた。

客も船頭も、羽田沖では飽き足らなく思っていたということだ。

風にも櫓さばきにも恵まれて、神奈川沖には四ツ半（午前十一時）過ぎには行き着いた。富士山がくっきりと見える上天気である。

「いい案配に、風も穏やかでさ」

船頭は顔をほころばせたが、これは海の未熟者の判断だった。

富士山の八合目あたりには雲のかたまりが幾つも見えていた。あと一刻半（三時間）のうちに、天気は急変すると、雲が告げていた。

正左衛門たち三人とも、空見はできない。

海上で命を預かる船頭もまた、空見にも海にも未熟だった。

わるいことに、真鯛のあたりは良かった。三人それぞれの竿に、形のいい真鯛が掛かっていた。

周辺にいた釣り船は、まだ空の様子が穏やかなうちに神奈川沖を離れ始めた。その場に留まっていたのは、正左衛門たちだけとなった。

獲物の食いつきはいいのだ。船頭は周りの様子に気を配っていなかった。

まさに一刻半が過ぎた八ツ過ぎ。

空がにわかに暗くなった。待っていたかのように、風が暴れ始めた。

釣り船には長さ二十尋（約三十メートル）の綱に結ばれた、中型の錨が用意されていた。しかしこの長さでは、とても神奈川沖の海底は摑めなかった。

錨が役に立たないのも、船頭の未熟さがたたったのだ。この船頭が相手にしてきたのは、深さが二十尋止まりまでの海だった。

投錨できていない船は、わずかな風でも大きく流され始めた。

「大丈夫か、船頭さん」

正左衛門が発した声に応ずるゆとりもないまでに、船頭はうろたえていた。

いきなり白波が立ち始めた海では、櫓など役には立たない。

暴れ方を増す一方の風。

うねりが大きくなるばかりの海。

海上でのシケを身体で味わったことのない船頭は、一番のご法度とされる振舞いに及んだ。

大荒れの海で、棒立ちになったのだ。

激しい揺れを足元に食らい、一瞬のうちに海に転がり落ちた。その直後に波にもてあそばれて、舳先(へさき)が真横を向いてしまった。

そこに大波が襲いかかった。

船頭を失った船は、まともに船腹に波を食らって転覆した。

三人とも、海に呑み込まれてしまった。

(四)

十元には多数の弟子がいたものの、血の繋(つな)がった身内はいなかった。

「十元先生も、てまえどもとご一緒の船にお乗りでしたので」

未亡人おく乃(の)の意向で、伊勢屋当主・頭取番頭・義太夫師匠の、三人合わせての葬儀となった。

伊勢屋と義太夫師匠とでは、まるで会葬者の顔ぶれが違う。伊勢屋菩提寺(ぼだいじ)での葬儀では、どの焼香台の列に並べばいいのかと、戸惑い顔の焼香客が長い列を作っていた。

もしも伊兵衛が存命だったならば、不祝儀ごとも段取りよく執り行っただろう。

ところがその伊兵衛当人が、荒天のあおりで横死してしまったのだ。あとに残った二番番頭では、伊勢屋の舵取りは荷が重過ぎると、参列者の多くが思っていた。

焼香客は大店の当主や番頭などが多い。さすがにこの人々は、口に出して伊勢屋の行く末を案ずるような無作法はしなかった。

しかし焼香を終えたあとは、互いに目顔を交わして寺を出た。

「このままで伊勢屋さんは大丈夫か」

交わし合う目が、それを告げていた。

商い向きのことを心配するかたわら、まったく別の、下世話で遠慮のない話も陰では交わされた。

「あれだけの身代を拵えておきながら、正左衛門さんにはまだ、跡継ぎがいなかった」

後家さんはいったい、この先はどうするつもりなのかと、あけすけなことまでも言い交わしていた。

「今夜の後家さんが身につけていた喪服の黒は、尋常な仕立てではなかった」

「わたしもそれが言いたかったんだ」

法要客の染屋と呉服屋が、我が意を得たりとばかりに話し始めた。

おく乃の喪服は五色の黒糸を織り込んだ、別格の仕上げである。

「よくよく正左衛門さんは、ご内儀を大事に想っていたのだろうよ」

ふたりは足を止めて、深くうなずきあった。

おく乃が気がかりで、成仏できないだろうと陰で言われたのも、無理はなかった。

存命中の正左衛門は、おく乃ひと筋の男だったからだ。

享年五十で逝ってしまった正左衛門は、三十五でおく乃を娶（めと）った。年の差十五で、祝言当時のおく乃は二十歳だった。

今年で祝言から十五年だったが、子宝には恵まれぬままだった。

「せめて借り腹の相手を探して、跡取りだけは得ておいたほうがいい」

親戚筋からうるさく言われ続けていたが、正左衛門は頑として耳を貸さなかった。

「おく乃が子を授からぬからとて、借り腹を企てるなどは、わたしの流儀ではない」

もしも授からぬままとなれば、取り婿・取り嫁で、伊勢屋のあとを託せばよいと、迷いのない物言いで親戚筋の口を封じた。

正左衛門の決意が固いことは、頭取番頭の伊兵衛も承知していた。

「質屋という稼業は、品物を預かるだけではない。そのひとの人生までも合わせて大事にお預かりするのが本分だ」

借り腹などという企てには、見向きもしない旦那様がおいでなればこそ、伊勢屋を信頼していただけるのだ……

伊兵衛の言い分、ものの考え方には、小僧から炊事場の賄い婦にいたるまで、奉公人のだれもが心底、従っていた。

正左衛門の筋の通った生き方もそうだが、あるじを支える伊兵衛の力も大きかった。

ふたりが二本並んだ、伊勢屋の大黒柱そのものだった。

そんな両名が、まさかの急逝となったのだ。

「伊勢屋さんも、ここまでかも知れない」

陰で交わされる声は小さくなかった。

そんな声はしかし、おく乃の耳にはまったく届いていなかったようだ。

正左衛門のみならず、おく乃もまた、伴侶のことしか目に入っていなかった。

葬儀を終えたあとも、ほとんど食べ物を口にしない日が続いた。

日に二度、ハチミツを溶かした白湯にひと口、口をつけるのと、正左衛門が好んだ梅干し粥をわずかに摂るのみだった。

おく乃の様子を案じた医者は、葬儀から四日目にある思案を提示した。

「正左衛門殿は、なによりもご内儀のことを常に考えておいでだった」

その大事なご当人が食べることもせずに、やつれてしまっていては、正左衛門殿も浮かばれないと、おく乃を諭した。

「明後日（あさって）の初七日には、店の広間を使って義太夫の会を催してはいかがだろうか」

医者の勧めに、おく乃は葬儀以来、初めて耳を傾けた。

「初七日までは……ひとによっては四十九日までは、亡くなった者も家に留まっていると言います」

正左衛門が稽古をつけてもらったり、義太夫の会を催したりしたこの家の広間で、ぜひ供養のための会を開いたらどうか……

医者の勧めが、おく乃の胸にじわっと広がった。

「いいことを伺いました」

おく乃の両目に強い光が戻っていた。

医者が辞去したあと、すぐさま番頭と手代を呼び寄せた。そして初七日当日昼過ぎから、正左衛門を偲（しの）ぶ義太夫の会を開くと告げた。

「すぐさま菩提寺のご住持に、このことをお伝えください」

十元の弟子ともつなぎをつけて、だれに義太夫をお願いすればいいかを相談すること。

田原町の吉田屋（仕出し屋）と掛け合い、初七日当日の精進落としを広間で催す旨、承知させること。

その他、思いつく限りの手配りについて、おく乃がみずから采配を振った。

奉公人たちも大いに安堵した。

おく乃の指図が的確だったからだ。

「お店はご内儀さまで持ちこたえられる」

この安堵感が奉公人たちに広がり、伊勢屋が活気づいた。

＊

常吉の元に伊勢屋の番頭が顔を出したのは、初七日法要の前日昼前だった。

「用があるなら、そう言ってくだせえ。てめえのほうからお店に出向きやす」

番頭の来訪に常吉は恐縮していた。

兄弟子だった正左衛門と伊兵衛には、負いきれないほどの恩義を抱えていたのだ。

そのふたりの急逝には、常吉も深くこころを痛めていた。

「じつは明日のことにつきまして……」

番頭が開き始めた口を、常吉は手を突き出して止めた。

「手伝いなら、遠慮なしにそう言ってくだせえ。明日ははなっから仕事は休みにして、全員で手伝いに繰り出す算段をしておりやす」

常吉が思い違いを言い終わるのを待って、番頭は頼みを口にし始めた。

「明日は法要に続きまして、広間で義太夫の会を催す段取りを進めております」

「なんですって？」

常吉の声がひっくり返っていた。

番頭はここまでの子細を話し、十元の弟子が常吉の名を挙げたと明かした。

「お弟子さんたちが口を揃えて、親方の名を挙げられましたもので」

勝手なお願いですが、ぜひにも義太夫をと頼み込んだ。

常吉はしばし、目を閉じて考え込んだ。開いたあとは番頭を見た。

「あっしで役に立つてえなら、勿体をつける気はありやせんが……」

あとの口を閉じたら、番頭が間合いを詰めてきた。

「引き受けていただければ、この会を思いつかれたご内儀さまも大きに安堵なされます」

　番頭の目に力がこもっていた。

「ぜひにもお引き受けいただけますように」

「分かりやした」

　常吉はきっぱりとした職人口調で引き受けた。

　安堵顔になった番頭は、さらにもうひとつの頼みを口にした。

「演し物につきましても、ご内儀からお願いがございまして……」

　番頭はさらに尻を動かして、間合いを詰めようとした。常吉が上体を後ろに引いた。

「生前の旦那様が一番の得手としておいででした『卅三間堂棟由来（さんじゅうさんげんどうむなぎのゆらい）』をお願いしたいと、ご内儀から言付かってまいりました」

　演目まで指定することを、番頭はことさら負い目に感じているらしい。語尾が消え入りそうになっていた。

「それでいいなら、あっしにも好都合でさ」

　十元師匠に、ことさらきつい稽古をつけられた演目だと、番頭に明かした。

「それなら、親方にこの演し物でお引き受けいただけますので」

　つい今し方とは打って変わり、番頭の声が弾まんばかりになっていた。

「あっしも精一杯、語らせてもらいやすと、ご内儀さんにお伝えくだせえ」

番頭を帰したあと、常吉は十元の稽古場へと向かった。明日の催しに名指してもらった礼と、十元の高弟に演目の稽古をつけてもらうためだ。

大きな仕事を、先様の初七日の日に行うようにと頼まれた。

親方急逝の流れで、常吉が大きな決断を迫られたのも、奇しくも初七日だった。あの折には、伊勢屋から大恩を受けた。

わずかでもご恩返しができる機会を、ご内儀からいただけたのだ。

伊勢屋の初七日法要を、常吉は待ちわびる想いとなっていた。

（五）

奉公人たちが手分けして、触れて回ったのが利いたのだろう。初七日法要あとの義太夫の会には、広間から溢れ出るほどの客が詰めかけた。

常吉はきちんと肩衣をつけて、客の前に出た。義太夫語りの場は、いつもなら御簾の内に設えられた。しかしこの会では、常吉は素通しで客と向き合う形で語った。

この義太夫の聞かせどころは、平太郎と妻お柳の別離の場面だ。

柳の古木の精であったと知らず、平太郎はお柳を娶る。そして一子、緑丸を授かった。

ところが三十三間堂の棟木に柳の古木を使うことになり、お柳は平太郎の元を去ることになるのだ。

その場面では、常吉は哀しげに調子を上げて、細くて高い声でお柳の心情を語った。三味線が音を小さくして、常吉の語りをひときわ引き立てた。

聞き入っていた義太夫好きの客のなかには、思わず目頭に手を当てる者までいた。だれよりも「柳」の段に深く聞き入っていたのが、広間の隅にいたおく乃だった。

この段は亡き正左衛門が、もっとも得意としたところだったのだ。

おく乃を相手に、一段をたっぷり語り、妻が目頭を熱くするさまを見て満足していた。

おく乃は身体の芯を悶えさせて、「柳」の段を語る常吉に搦め捕られていた。

お柳の哀しさを歌う高い声音は、稽古熱心な正左衛門でも出せなかった。常吉が語る女の哀しさは、その高い声の奥に潜んでいた。

もはやおく乃は広間を埋めた客のことなど、思慮の外だった。常吉の義太夫に身を投げ出して、内で暴れる大波に、喪服に包んだわが身をもてあそばれていた。

御簾なしで語っている常吉には、義太夫に鷲づかみにされたおく乃とは、一心同体であるとの実感があった。

身の内から強い昂ぶりが沸き上がってき、一段と語りに熱がこもった。

「どうする、どうする」の掛け声も憚られていたらしい。そんな声など無用なほどに、情感のこもった常吉の「柳」の段だった。

語り終えたあとも、すぐに手は鳴らなかった。拍手を忘れて聞き入っていたのだろう。

語り終えた常吉を見るおく乃の目には、亡き正左衛門を愛しむかのような、情の深い光が宿されていた。

*

初七日の翌日午後、また番頭が研ぎ常を訪れてきた。

「昨日の親方の、あの『柳』の段には、義太夫不調法のてまえですら、思わず目頭を押さえてしまいました」

目一杯の言葉で出来を称えてから、番頭は声を小さくした。

研ぎ常の帳場には常吉しかいなかったのに、番頭は辺りを憚るかのような仕草を見せ始めた。

常吉との間合いを詰めて、声を低くした。

「ご内儀さまが、親方にぜひとも御礼を申し上げたいと、強く願っておいでです」

手数をかけて申しわけありませんが……と番頭はさらに声の調子を落とした。

「親方のご都合がつきますならば、今夜の六ツ半に、てまえどもまでご足労いただけませんでしょうか？」

番頭が言い終わるなり、常吉は残念そうな顔で「先約がある」と断った。

この日は女房と七歳の息子を連れて、仲見世のてんぷら屋に出かける段取りだった。

いきなりの申し出である。番頭は常吉から先約があると断られるのも、織り込み済みだったらしい。

「そういうことでしたら親方、明日の晩ではいかがでしょうか」

番頭は上目遣いに常吉を見た。

常吉とて、おく乃には差しで逢ってみたいと思っていたのだ。

明日ならばと、申し出を受け入れた。

翌日の常吉は昼飯のあとで、町内の髪結いに出向いた。そして月代を青々と剃りあげて、ひげもていねいに当たらせた。

暮れ六ツの鐘が響いてくるなり、着替えを始めた。

前日は妻子と一緒の外出だったが、この夕（ゆうべ）はひとりでの出かけである。

「どちらまでお出かけですか?」

「ちょいと仲間内の寄合だ」

正直に伊勢屋に出向くとは言い出せない、妙な負い目を常吉は感じていた。

下帯まで新しいものに取り替えたあと、足袋も雪駄（せった）もおろしたてを履いて土間に降りた。

「話の次第によっては、寄合はお籠もりてえことになるぜ」

「分かりました」

女房は明るい声で答えた。仲間内の寄合のお籠もりがなにを指すのか……吉原（よしわら）へ繰り出すことだと、おみねは承知していた。

「どうか上首尾を」

おみねの鑽（き）り火を肩に浴びた常吉は、両肩を張って宿を出た。

わざわざおく乃のほうから、しかも常吉の都合に合わせる形での呼び出しである。

どんな成り行きとなるのか、あれこれ期待を膨らませながら伊勢屋に向かった。

＊

横並びに坐したときのおく乃の昂ぶり方は、常吉の比ではなかった。

お柳を語ったあの高い声を思い出しただけで、おく乃は身体を火照らせていた。待ち人を迎える身繕いをしながら、芯の潤むのまでも悦楽と感じていた。

長襦袢は肌が透けて見える薄手の無地だ。緋色の腰巻きを取り出したものの、身にはつけなかった。

隣に坐した常吉も尋常ではないと察したおく乃は、みずから身を寄せた。常吉は百目ロウソクの勢いで、たちまち燃え上がった。

「おく乃さんの白い喉元が、たまらねえ」

剝き出しの物言いで押し倒したあと、胸元を押し開いた。襦袢の下の喉から胸元までが透けて見えた。

常吉の男が猛り上がった。

もはや押し止めるものはない。燃え盛る炎を発する、薪ふたつ。どちらも脂をたっぷり含んだ、極上の熟れた薪である。

もつれ合って、互いに相手の脂を燃やした。

閨は丑三つ（午前二時）を過ぎて、ようやく鎮まった。

「もうあんたから離れられねえ」

常吉が漏らしたつぶやきが胸に突き刺さり、おく乃は言葉を失った。

夫の横死からまだ日が浅いのに、おく乃は常吉に身を任せてしまった。そうしないことには、気がおかしくなりそうなまでに、常吉への想いで自分が追い詰められていた。

正左衛門の存命中には、考えもしなかった成り行き、振舞いだった。

自分の内にはこんな鬼が棲んでいたのかと、肌を離したいま動転してしまい、言葉を失ってしまったのだ。

気持ちが落ち着いたら、常吉のつぶやきを嬉しく受け止めるゆとりが生まれた。

ただの一度も正左衛門から漏れたことのなかった、男の正味のつぶやきだったからだ。

ひと夜限りでは止まらず、五十日ごとに常吉は伊勢屋でお籠もりを始めた。

折しも新しい料亭が、田原町に開業支度を始めていた時期だった。

「研ぎ注文をいただけるように、お稲荷様にお籠もりを続けることにした」

気性の明るいおみねは常吉の言い分を真に受けて、鑚り火を切って送り出した。

が、三カ月を過ぎたところで、揉め事の芽が吹き寄せられてきた。

町内の金棒引き（うわさ好き）の婆さんが、おみねの胸元に破裂玉を差し込んだのだ。

「おたくの旦那のお籠もり先は伊勢屋だよ」

言われても当初は聞き流した。常吉の仕事ぶりには、いささかのゆるみもなかったし、新規のお得意先も常吉当人が切り開いていたからだ。

一向にめげないおみねに苛立った婆さんは、二ノ矢を放った。つい昨日のことだ。

「おたくの旦那に五十日ごとに来られて迷惑してると、伊勢屋の手代がこぼしているよ」

つい先日に常吉が忘れて帰ったと、手代から受け取ったというキセルを差し出した。

まさに前回のお籠もりで忘れてきたと言っていた、銀ギセルだった。

「見つけてくれて、ありがとうございます」

明るく答えたその日の夜、おみねは常吉と向き合った。

「次のお籠もりはいつですか」

「十五日だが、どうかしたかい」

何食わぬ調子で問いかけてきた。

「キセルは、どうしました？」

「もう言ったじゃねえか。お籠もりのお堂に忘れてきたと」

十五日のお籠もりのとき、社務所で受け取るつもりだと常吉は答えた。

「このキセルが、今日届きました」

伊勢屋の手代が届けてきたと言ったあと、おみねは常吉を見詰めた。

長い夜が始まった。

（六）

あの長かった夜が夜明けを迎えたあとも、研ぎ常は夜のままだった。

「しばらく実家に帰らせてもらいます」

おみねはこどもを連れて、昼過ぎには向島の実家に帰った。

亭主の仕事がきつくなるのは案じられた。が、大きなひと息をいれないことには、常吉を受け入れることはできなかったのだ。

常吉は仕事一筋だと信じていただけに、おみねが負ったのは深手だった。

「それじゃあ、行ってきます」

明るい声を残し、子の手を引いて宿を出た。隣町に入るなり、込み上げる思いを抑えて宿の方角を振り返った。いま出てきた町と宿への暇乞(いとまご)いだった。

比べたくもなかったが、伊勢屋の後家と研ぎ屋の女房とでは身分が違った。しかもおく乃は、器量良しで知られていた。

しかしおみねのこころが一番傷ついたのは、他にあった。おく乃と常吉は、芸事で結ばれていることに、である。

家格でも器量でもおく乃には敵(かな)わない。そのうえ止めを刺すかのように、ふたりには強いこころの結びつきがあるのだ。

すべてを呑み込むしかなかったおみねには、もはや戻ってこられる町でも宿でもなかった。

＊

女房が出て行って八日が過ぎた。

おみねと子のいない空疎さにさいなまれつつも、伊勢屋のお籠もりは続いていた。

常吉は研ぎ常の帳場で帳面づけを進めていた。

夜なべ仕事が続いていたことで、この日は職人たちも午前中で早仕舞いをさせていた。

「ごめんよ」

荒(すさ)んだ声とともに入ってきたのは、研ぎ常を捨てて出て行った平次だった。

「なにかご用ですかい？」

素っ気ない声で、相手の名も呼ばずに問いかけた。

研ぎ常を捨てて出て行ってから、長いときが流れていた。過ぎた歳月のなかで、平次はひときわ深い卑しさを身につけたようだ。

物腰も物言いも、いまの常吉が相手にするに足る男とも思えなかった。

男は帳場の敷居に腰を下ろした。

「女房が出ているもんで、茶も出せやせんぜ」

「いねえのも道理だろうぜ」

訳知り顔で聞こえよがしの返事をしたあと、薄笑いを浮かべて煙草盆の催促をした。

常吉は自分の使いかけを左手で押し出した。

手慣れた手つきで一服を詰めた。吹かし終わったところで、常吉に目を向けた。

「おめえさんが伊勢屋の後家とねんごろだてえのは、おれも聞いているがよう」

吸い殻を灰吹きに叩き落として、平次は話を続けた。

「あの後家てえのは、大した女だぜ」

男がいねえと、ひと晩も身体がもたねえらしいぜと、唇を舐めた。

「あんた、なにを言いにきたんでえ」

常吉が声を尖らせても、平次は立ち上がろうとはせず、さらに続けた。

「おめえが伊勢屋に泊まってねえ夜は、あの後家は合羽橋の敬太郎てえ板前と、おいしいことをやってるぜ」

知らねえのは、おめでたいおめえばかりだぜと言い置き、平次は敷居から腰を上げた。

「せいぜい、あの後家に尽くすがいいぜ」

捨て台詞を残して、平次は出て行った。

店にだれかが居たならば、平次の言い分を払いのける気持ちのゆとりができただろう。

しかしこのときは、まともに毒のある言い分を常吉は身体で受け止めてしまった。

日暮れまでは、ひとりで悶々と過ごした。

この日の常吉は伊勢屋ではなく、研ぎ常に泊まることになっていた。

無性におみねと息子に会いたくなった。

火熾（ひおこ）しをして、茶をいれた。

暗い居間にひとりでいたら、ひどく寂しさが募ってきた。

おれは間違ってたぜ……

おく乃に入れ込んでいた自分を、常吉はののしった。それとは逆に、離縁は言い出さずにいてくれている女房に心底の詫びをつぶやいた。

よしっ！

仕事場に降りた常吉は、一番の切れ味がある出刃庖丁を手に取った。

この一丁で、おく乃との腐れ縁をすっぱりと断ち切ってくると、固い決心をした。

出刃をていねいに手拭いで巻いて、研ぎ常を出た。向かう先は伊勢屋だった。

＊

「あら……どうしたんですか」

おく乃は出かける支度を進めていた。

今夜の常吉は研ぎ常に泊まるはずである。不意に顔を出した常吉に驚いたようだ。

「なんだか弾んでる様子だが、合羽橋に出かけるには、まだ早いんじゃねえか」

常吉は気持ちを落ち着かせようとして、一語ずつ区切って話した。

おく乃の顔に険しさが浮かんだ。

「どこでそんな話を聞き込んだんですか」

いままで聞いたこともない、冷え冷えとした声を投げつけてきた。

深呼吸をひとつくれてから、常吉は出刃を取り出して卓に置いた。

「うちで一番の切れ味がある出刃だ」

これでおめえとの縁を断ち切ると、静かに告げた。声を荒らげなかったのは、研ぎ常の親方としての見栄だった。

「おれには股のゆるい女はいらねえ」

おく乃を見詰めてこれを言い切った。

おく乃は薄笑いを浮かべた。

「研ぎ常の研ぎでは魚も満足には切れないと、あのひとも言ってますから」

股のゆるい女と、女が恥とするひどい言葉を、投げつけられたあとである。おく乃は目一杯の毒を盛った言い方で、仕返しをした。

「おれの庖丁で魚が切れねえてえのは、おめえの男の腕こそ、なまくらだろうよ」

常吉は落ち着いた物言いで切り返した。おめえの男と吐き捨てて、常吉から「もはや他人だ」と、ずいずいに研がれた言葉を突きつけられた。

おく乃のこころに棲み着いている鬼が、むくっと起き上がった。

「おまいさんに口吸いされるのを、ここのところ嫌がっているのも知らずに」

おく乃は顔の前で手を振った。

「臭い口を、あたしの顔に向けないでちょうだい」

口が臭いと言われると男は傷つくと、正左衛門から禁句だと言われていた。それをあえて、常吉にぶつけた。ところが。

「おれの女房は、こんな口でも喜んで唇を合わせてくれるぜ」

後家は相手がいなくて寂しいだろうよと、わざと息を大きく吐き出した。

後家といわれておく乃の顔が青ざめた。

「こんな亭主の素顔も知らずに喜んでるとは、あんたの女房はここが足りないね」

髪の上で、おく乃は人差し指で円を描いた。

「女房のことを言うんじゃねえ」

常吉の口調が変わり、庖丁を引き寄せた。

「カミさんのことがそんなに大事かねえ」

おく乃は嘲笑いを浮かべて続けた。

「実家にどんな用で帰ったのか知らないけど、あんたに隠れてお股をゆるめてるかもね」

おく乃の荒い物言いが止まらなくなった。

常吉は庖丁を握った。

「どうしたのさ。あたしを斬るのかい」

あごを突き出したおく乃は、自分の手で胸元をかき分けた。白い喉と豊かな胸が剝(む)き出しになった。

「あたしの名残が欲しいというなら、その庖丁でここを切り裂いてごらんよ」

おく乃は右手で喉元をなぞった。

煽(あお)られ続けて我慢が切れた常吉は、敏捷(びんしょう)な動きでおく乃の背後に回った。そして研ぎ澄まされた出刃で、おく乃の喉を掻(か)き切った。

鮮血がぶわっと噴き出した。

悲鳴は出なかった。

＊

奉行所の裁きで、常吉には死罪（斬首）が言い渡された。
覚悟を決めていた常吉は、静かな表情で奉行の申し渡しを受け止めた。
「そのほうの振舞い、殊勝である」
奉行は常吉を見て、言い残すことはあるかと質した。
「ございます」
答えた常吉は、義太夫を語り始めた。
稽古をつけた十元が、ただ一度だけ、目の前の常吉を短い言葉で褒めたことがある。
それが「柳」の段だった。
「不覚にも、そなたの前で両目を濡らしてしもうた」と。
いまの常吉に残されているのは、首斬り役人の待つ土壇場への砂利道のみである。
おのれの最期と柳の別れとを重ねて、肚の底から声を発した。
あの「柳の段」の哀しい節で、遺してゆく妻子への思いを語った。
白洲が静まり返ったほどの、命を賭した一段となった。

語り終えたとき、奉行は膝を打った。

「うむ……後家殺し」

火事息子

(一)

明和元（一七六四）年九月十三日、暮れ六ツ（午後六時）。
両国橋西詰めの老舗料亭「折り鶴」二階の大広間は、八十人超の客で埋まっていた。
間仕切りをすべて取り払えば、二階は百畳の大広間となった。
毎夜、宴席で賑わう折り鶴だが、二階を百畳で使うためには貸切の費えが必要だ。
部屋の東端は大川に面しており、障子を開ければ川が一望にできる拵えだ。
川開きの花火見物には、他の料亭では太刀打ちできない特等席となるのだ。

八月十五日の中秋宴も、九月十三夜の宴も、広間に居ながらにして月を愛でられた。他店では叶わぬぜいたくである。

「来年の川開きは、わたしも二階を使わせてもらえるかもしれない……」

五年来の馴染み客ですら、花火や月見で二階が使えるか否かは分からなかった。予約ができるわけではない。

「よろしければ来年の花火は、てまえどもの二階をお使いいただけませんか？」

女将から声がかかることで、初めて部屋が使えるのだ。間仕切りを取り払えば百畳だが、通常はふすま仕切りの二十畳間が五部屋だ。

その一部屋を供してもらうために、折り鶴の客は日頃から宴席使いを重ねた。

一年に五回以上で、一回当たり十両を使う。そんな宴席を五年続ければ、女将から声がかかるかもしれないと、陰で言い交わされていた。

それほどに難儀な二階席を、九月十三夜に貸切で使う宴が催されていた。

ぶち抜き百畳広間の上座には、五双（十枚）の金屏風が立てられていた。京から金箔職人を呼び寄せて誂えた、折り鶴自慢の金屏風だ。

百匁の大型ロウソクが放つ明かりを浴びて、屏風はことさらに輝きを照り返していた。

金屏風前に座した今夜の主賓は、神田三河町の質屋当主・伊勢屋藤右衛門とその内儀おしのである。

藤右衛門とおしのの間には、籐でできた揺りかごが置かれていた。

今夜の盛大な宴席は、藤右衛門が三十七歳にして初めて授かった嫡男、藤三郎のお七夜を祝うためのものである。

しかし日もあろうに十三夜の今宵、折り鶴の二階を貸切にする財力など、質屋稼業にあろうはずもなかった。

招待客すべての膳に一合徳利が供されたのを確かめてから、金屏風の端で大柄な男が立ち上がった。

黒羽二重の五つ紋羽織に、仙台平の袴という正装である。袴は、いま鏝を当てたばかりという折り目が際立っていた。

「十三夜の今宵、ご多忙にもかかわらず両国橋西詰めまでご足労を賜りました」

野太い声は百畳間の隅にまで届いた。

「従弟の伊勢屋藤右衛門に成り代わりまして、僭越ながら、てまえ伊勢屋四郎左衛門が厚く御礼申し上げます」

謙った物言いに不慣れな四郎左衛門である。招待された客も、それを承知していた。

「あの伊勢屋さんが、おのれをてまえと呼んだのは初めて耳にした」

遠慮のないささやきが、広間のあちこちで交わされていた。

本来の主賓である伊勢屋藤右衛門は、努めて平静を保っていた。

今宵の費えは、その全額を従兄の四郎左衛門が負うことになっている。藤右衛門には不本意ながらも、従わざるを得なかった。

札差（ふださし）でも図抜けた一番の伊勢屋四郎左衛門は、藤右衛門より四歳年長の従兄である。札差と質屋では商いの大きさも質も違う。それを承知で四郎左衛門は、藤右衛門をまるで実弟のように可愛（かわい）がった。

四郎左衛門の遊び仲間は札差ばかりだ。相手より一両でも多く遣うことしか考えない面々だ。

藤右衛門の慎み深い気質は、四郎左衛門にはまるでなかった。

「おまえが持つ律儀さ、堅実で真っ正直である気性は、どれもわしには薄い」

滅多なことではひとを褒めぬ四郎左衛門が、おのれと比してまでして藤右衛門を称（たた）えた。

が、それはおのれの感じ方だけだ。藤右衛門がなにを感ずるのかには、一切思い及びはしなかった。

四郎左衛門の開宴口上は、まだ続いていた。いつもは床の間や金屏風を背にする男だ。金屏風の端に立ち、開宴口上を言うことには慣れていないのだ。

どこで口上を切り上げるのか、その間合いが分からないらしい。

「今宵、めでたくお七夜を迎えた藤三郎は、取り上げ婆が言うには一貫（約三千七百五十グラム）を大きく超えていたそうです」

お七夜の赤子が一貫超と聞かされて、広間がどよめいた。だれも聞いたことのない、巨漢の赤子だったからだ。

束の間、広間は驚きに満ちた。しかし、すぐにまた、長口上に倦んだ気配が戻った。

「伊勢屋さんは、いつまで喋る気かね」

交わされる小声には、腹立ちが込められていた。

＊

宴席の招待主が神田三河町の質屋にあらず、蔵前天王町の札差・伊勢屋四郎左衛門であることは、招かれた客の全員が分かっていた。

十三夜の今宵に、降って湧いたようなお七夜祝いで折り鶴の二階を貸切にした。こんな途方もないことは、飛び切りの大尽伊勢屋にしかできない芸当だった。

伊勢屋は十三夜の貸切を、去年から決めていたに違いない。そして間際になって、折り鶴二階への招待を告げて、相手を驚かせる算段をしていたのだ。

今年は従弟藤右衛門に、嫡男が授かった。内儀を迎えてから十年目にして、ようやく授かった跡取り息子だった。

江戸には掃いて捨てるほどに「伊勢屋」の屋号があった。

江戸名物は　伊勢屋・稲荷(いなり)に犬の糞(くそ)

戯(ざ)れ歌に歌われるほどに、御府内には伊勢屋が溢(あふ)れていた。お伊勢参りの本拠地・伊勢から江戸に出てきて名を成した商人が、それほど多数いたということだ。

蔵前の札差伊勢屋四郎左衛門は、数ある伊勢屋のなかでも別格中の別格だった。禄高(ろくだか)三千石を誇る大身旗本から、禄米五十俵取りの御家人まで、二千八百五十人もの武家を相手にする札差を伊勢屋は営んでいた。

武家に代わって蔵前で禄米を受け取り、売却で得た現金を支払うのが札差稼業だ。しかし現実は、禄米を担保に金子(きんす)を融通する金貸しが主たる商いだった。

貸し付け利息は年利一割八分の高利だ。五年も貸しておけば、利息が元金に届いた。

伊勢屋が一年に受け取る利息は、優に一万三千両を超えていた。日本橋駿河町の本両替に預けている伊勢屋の蓄えは、二十万両とも二十五万両ともうわさされている。

どちらにしても、桁違いの大尽であるのは間違いなかった。

質屋の伊勢屋藤右衛門は、四郎左衛門の従弟である。質屋も利息商売だが、札差のような大口顧客が相手ではない。

月に九分の利息で、質草を担保に小金を融通する稼業だ。

「ひとさまの品物をお預かりするのが、伊勢屋の稼業だ。万にひとつも質草を傷めることのないよう、蔵には頑丈な普請が欠かせない」

藤右衛門は先代から、これを厳しく言われて育ってきた。

「質屋には羽振りのよさそうな振舞いは、断じて禁物と心得なさい」

堅く育てられてきた藤右衛門である。従兄の四郎左衛門がいかほど浪費を続けようとも、我関せずを貫いてきた。

しかし嫡男藤三郎の誕生だけは別だった。二十七で内儀を娶って、すでに十年が過ぎていた。両親ともに四年前に他界したあと、藤右衛門は嫡男誕生を一番に願っていた。

「わたしがひいきにしている医者がいる」

一度会ってみろと、四郎左衛門から強く勧められた。処方された薬草を夫婦ともに服用して三カ月目に、見事内儀が身ごもった。

月日が満ちて誕生した男児は、なんと一貫目を超えていた。

「お七夜の祝いは、わたしに一任してくれ」

四郎左衛門の言い分に、藤右衛門も内儀も従うしかなかった。

藤三郎の名付け親も四郎左衛門だった。

「江戸で一番といわれる易断師（えきだんし）が、太鼓判を押した命名だ」

嫡男に三郎では……と、内儀は不満げだった。が、四郎左衛門に押し切られた。

すべての段取りを四郎左衛門が手配りした、お七夜祝いである。

金屛風を背負いつつも、藤右衛門の気持ちは晴れぬままだった。

内儀のおしのは広間の客には目を向けず、揺りかごの藤三郎を目であやしていた。

＊

長い口上がやっと終わり、酒肴（しゅこう）が各自の膳に運ばれ始めた、そのとき。

カン、カン、カン……カン、カン、カン

両国橋西詰めの火の見やぐらの半鐘が、鋭い響きの三連打を打ち始めた。

月見のために、大川に面したふすまはすべて開かれている。半鐘の響きは、大広間に流れ込んできた。

しかし、しつけの行き届いている仲居たちは、いささかも慌てなかった。

「三連打ですから、火元は大川の向こうです」

なにも案ずることはありませんと言い、客の膳に酒肴の盛りつけを続けた。

が、事情はいつもと違っていた。

ジャラジャラジャラジャラ……

折り鶴の正面は回向院である。その敷地内に設けられた火の見やぐらが、擂半を鳴らし始めた。

半鐘を叩くのではない。槌を入れて、半鐘の内側をこすり回すのが擂半だ。火元がすぐ近いときの半鐘である。

よほどに強い擂半らしい。大川を渡り、折り鶴の二階にまで響いてきた。

「大丈夫じゃない、あれは擂半だぞ」

多数の客が立ち上がり、一斉に二階の手すり近くに群がり始めた。

火の勢いが半端なものではないようだ。回向院南側の夜空が妖しい紅色に染まっていた。

火事には稼業がら、ひと一倍敏感な藤右衛門である。客と一緒になって二階の手すりへと向かっていた。

ほとんど客がいなくなった大広間の金屏風前で、おしのと四郎左衛門は揺りかごの藤三郎を見ていた。

流れ込んでくる擂半の響きに合わせて、藤三郎はキャッ、キャッと声を弾ませていた。

（二）

明和から安永(あんえい)へと改元された、安永元（一七七二）年十一月十六日、八ツ半（午後三時）過ぎ。

武家各家に改元祝いのあいさつ回りを終えた四郎左衛門が、ふらりと藤右衛門の店に顔を出した。

見るからに極上物の紋付・羽織姿の大柄な男が、手には縮緬(ちりめん)の風呂敷(ふろしき)を提(さ)げて土間に入ってきたのだ。

まさかこんなひとが、質屋に？

ひとの目利きには長けている手代は、いぶかしがりながら客と向き合った。

「天王町だが、藤右衛門はいるか？」

小声でも四郎左衛門の物言いは、威圧的に響いた。手代は仰天して目を見開いた。

「まさか、あの四郎左衛門さままで……」

驚きのあまりに手代は舌をもつれさせた。四郎左衛門の顔を知らなかったのだ。

「藤右衛門の都合を訊いてくれ」

「かしこまりました」

番台から立ち上がるなり、手代は奥へと足を急がせた。長く土間に待たせられる相手ではなかった。

さりとてあるじの都合も分からぬまま、奥に案内はできなかった。

奉公人の所作には厳しい藤右衛門である。奥へと急ぎつつも、足音を立てぬように気を配っていた。

質屋と札差が親戚の間柄であることは、手代も知っていた。すでに八年も前になるが、両国の「折り鶴」で催された藤三郎のお七夜祝いは、いまだにひとの口に上っていた。

「あれだけの大散財ができる伊勢屋さんじゃねえか。もっと気張ってよう、あと百文上乗せしてくんねえな」

仕事着の半纏（はんてん）を質草に融通を求める職人から、昨日も八年前のあれを言われていた。

まったく厄介な来客だと胸の内で愚痴をこぼしつつ、手代はあるじの居室前に立った。

「ただいま土間で、伊勢屋四郎左衛門さまがお待ちです」

ふすまの外から声を投げ入れた。居室の奥で、急ぎ藤右衛門が立ち上がる気配がした。奉公人にはうるさいことを言うのに、藤右衛門は畳を鳴らして近寄り、慌てた手つきでふすまを開いた。

「奥の玄関まで案内しなさい」

できるだけ、のろい足取りで案内してきなさいと付け加えた。迎える支度に、手間がかかるからだ。

「うけたまわりました」

手代は店先に戻る歩みから、すでにのろくしていた。その手代に藤三郎が駆け寄った。

「天王町のおじさんが来ているの？」

そうですと答えたら、藤三郎は手代より先に番台めがけて駆けだした。掃除の行き届いた杉の廊下に、大きな音が立っていた。

藤右衛門は奥の玄関から案内するようにと、手代に言いつけた。しかし四郎左衛門の手を強く掴んだ藤三郎は番台脇から上がり、そのまま廊下伝いに奥へと向かった。

縮緬の風呂敷を右手に提げた四郎左衛門は、左手を強く掴んだ藤三郎に引かれて客間まで進んだ。

おのれが偉丈夫だけに、四郎左衛門は大男好きだ。

藤三郎は誕生のときから目方が一貫目を超えていた。折り鶴での誕生お披露目の夕でも、招待客は口を競って藤三郎の達者を褒めた。

なにしろ足で籠を蹴飛ばさぬばかりの威勢だったし、目方で籠の敷き布団がへこんでいた。

我が子を授かっていない四郎左衛門は、藤三郎の育ちぶりには藤右衛門以上に目を細めていた。

「あの伊勢屋さんが、またも火消しのおもちゃを誂えさせている」

「従弟の子だと言っているが、実の親は伊勢屋さんだろう」

遠慮のない陰口を耳にしたときですら、四郎左衛門は笑い飛ばした。その陰口がまことであれと、願っているかに見えたりもした。

いまも藤三郎が握っている手のひらのぬくもりに、四郎左衛門が相好を崩していた。

「天王町のおじさんです」

藤三郎がふすまを開いたとき、女中は四郎左衛門の席を調えているさなかだった。

まだ仕上がってもいないのに、四郎左衛門が客間に入ってきた。

「慌てることはない」

うろたえ気味の女中を、四郎左衛門はやさしい声でねぎらった。

「申しわけございません」

急ぎ座布団を用意し、座を調え終えたとき、藤右衛門とおしのが連れ立って入ってきた。

「どうぞ、そちらへ」

四郎左衛門に座布団を勧めて、藤右衛門とおしのも座についた。

藤三郎は四郎左衛門の脇に、座布団なしで正座していた。

女中が茶菓を供して下がると、四郎左衛門が口を開いた。

「あんたの都合も訊かずに押しかけたりして、迷惑ではなかったか？」

「ご足労いただき、ありがとう存じます」

あるじに代わり、おしのが礼を言った。

「今年の正月に藤三郎に約束したものが、ようやく仕上がったものでね」

四郎左衛門は風呂敷を開いた。包まれていたのは、小型の竜吐水(りゅうどすい)だった。

藤三郎は目を見開いて模型を見詰めていた。が、手を出すことはしなかった。触ってもいいとの許しを、四郎左衛門からもらえていなかったからだ。

「なにしろ細工屋の親方が凝り性でね。塗りだけでも四度の重ね塗りだそうだ」

模型の大きさは、縮緬の風呂敷に包める程度だった。が、四郎左衛門が口にした通り、細部にまで細工が行き届いていた。

消火水を押し出す手押し部分の柄は、絹糸巻である。水風呂は焦げ茶色の漆塗りで、中央部には伊勢屋の定紋が金箔で描かれていた。

水風呂から延びた筒には、真鍮(しんちゅう)製の筒先が取り付けられている。水風呂に水を張って手押しを押せば、真鍮の筒先から勢いよく水が噴き出す拵えだった。

「藤三郎に渡してもよろしいか?」

四郎左衛門はあるじに許可を求めた。

内心では藤右衛門は、苦くて腹立たしい思いを抱いていた。しかし小型とはいえ木製の重たい模型を、みずから三河町まで運んできてくれたのだ。

「なんの遠慮も無用です」

藤右衛門の返答を聞いた四郎左衛門は、両手持ちで藤三郎に手渡した。

ずしりと持ち重りのする竜吐水だ。

だが九歳になった藤三郎に、持てない重さではなかった。

しかも新年二日の年賀詣でに出向いた場で、四郎左衛門が約束した模型である。待ち焦がれていた藤三郎は息をはずませて受け取ると、自分の前に模型を置いた。

背丈も四尺六寸（約百三十九センチ）にまで伸びてはいたが、所詮はまだ九歳のこどもだ。

受け取った竜吐水にすっかり気を取られていて、父親がなにを言っても聞いてはいなかった。

「藤三郎！」

業を煮やした父が、わずかに声を荒らげた。藤三郎は模型から手を放さずに父を見た。

「下がってよい」

「分かりました」

ひときわ大きな声を発して立ち上がると、竜吐水を両手に、慈しむように抱え持ったまま四郎左衛門を見た。

「ありがとうございます」

模型に気がいっている藤三郎は、ちょこんとだけあたまを下げた。

「風呂にたっぷりと水を張って手押しを強く押せば、五尺（約一・五メートル）先まで水が飛ぶと、親方は請け合っている」

使い方はおまえが工夫しなさいと、響きのいい声で藤三郎に答えた。

「ありがとうございます」

もう一度礼を言うと、きびすを返して客間から出て行った。

こどもがふすまを閉じたあと、藤右衛門は居住まいを正して四郎左衛門に目を合わせた。

「いつもこどもを気にかけていただき、お礼の申し上げようもありませんが……」

藤右衛門は湯呑みを手に持ち、煎茶をすすった。もともと温めにいれた煎茶である。竜吐水のやり取りの間に、茶はすっかり冷めていた。

「どうかこのうえは、藤三郎の火消し好きを煽ることのないように願います」

失礼な物言いと響かぬよう気遣いつつ、藤右衛門は内に溜まっている不満を吐き出した。

四郎左衛門は黙したまま、藤右衛門の目を受け止めて冷めた茶をすすった。

藤三郎が五歳となった正月、おしのはこどもを連れて天王町に年賀に出向いた。

三千石の旗本用人までもが、年賀の伺候をするほどの大身札差・伊勢屋である。元日の午後から三が日の間は、順番待ちの年賀客が長い列を拵えた。

一両でも多く融通してもらうがための、大事な年賀訪問だった。

そんななか、おしのと藤三郎は正月二日の四ツ（午前十時）に天王町に顔を出した。年賀客を差しおいて、四郎左衛門は母子を客間に招き入れた。

頭取番頭に促されるまで、四郎左衛門は藤三郎との会話を楽しんだ。

「あとが押しておりますゆえ、この辺りで」

八年前、お七夜の祝いの日に、対岸で火事が生じた。揺りかごの藤三郎は擂半に驚くどころか、はしゃぎ声を上げて喜んだ。

「この子はひとかどの男になる」

伊勢屋四郎左衛門が、正味で藤三郎の火消し好きを褒めた。五歳の年賀では、四郎左衛門が用意していたのはお年玉だけだった。

六歳から、九歳となった今年まで、火消しにつながる玩具、頭巾、装束を用意していた。

「竜吐水の模型を、細工師に頼んでおく」

四郎左衛門が約束したのは、今年の正月二日だった。その仕上がりを、改元祝い訪問のさなかに届けてきたのだ。

儀礼としての礼を言いつつも、藤右衛門は本心の一部を明かした。

湯呑みを膝元に戻した四郎左衛門は、光を帯びた目で藤右衛門を見詰め返した。

「質屋の蔵には、なににも増して火事が禁物のはずだ」

穏やかな物言いだけに、四郎左衛門の思うところが強く表れていた。

「藤三郎が火消しに打ち込んでいるのは、質屋には一番の喜びのはずだ」

今後とも、藤三郎の火消し好きには陰から力を貸していく……

四郎左衛門は語気を強めて言い切り、座から立ち上がった。

おしのが慌てて見送りに立った。

（三）

四郎左衛門は宣告した通り、藤三郎への手助けを続けた。

藤三郎には毎年正月の年賀訪問が、一年で一番大事な行事となっていた。

今年はなにを用意してくれているのか？

四郎左衛門からのお年玉はなにかの見当を、おしのとあれこれ言い交わしながら天王町に向かった。

藤右衛門は母子が年賀に出向くことを、断じて佳しとはしていなかった。その苛立ちは、元服を迎える今年も同じだった。

しかし三年前の一件以来、藤右衛門は不承不承ながらおしのと藤三郎の天王町年賀訪問を認めていた。

*

三年前の元日夜、藤右衛門はおしのに翌朝の年賀訪問を取り止めるようにと告げた。

「それはできません」

藤右衛門が怯んだほど、強い口調でおしのは反発した。

「藤三郎が息災に育っていることを、四郎左衛門さまはなんら下心のない、真っ直ぐな思いで喜んでくれています」

一気に言ったあと、おしのは藤右衛門にまなじりを決した顔を向けた。

「それに引き替え、あなたは藤三郎を責めてばかりです」

常日頃、火事の半鐘が鳴るなり、藤三郎は表に飛び出した。息子のその振舞いを、藤右衛門は厳しい口調で窘めた。


「質屋の息子が火事を好むとはなにごとだ」

近頃では窘めるだけではなく、平手で藤三郎の頰を張るようになっていた。

藤右衛門のその平手を、おしのは強く嫌っていた。


「四郎左衛門さまがおっしゃった通り、質屋の息子が火消しに気を入れるのは、孝行なことです」

あなたも少しは藤三郎のことを褒めてやってくださいと、気を込めた口調で告げた。

自分のおなかを痛めて授かった、一貫目超もあった藤三郎である。息災に育ち、十二の正月には背丈が五尺三寸（約百六十一センチ）にまで伸びていた。

成長ぶりを手放しで喜び、藤三郎のためにこころを尽くしたお年玉を用意してくれる四郎左衛門である。

いまではおしのも心底の信頼を寄せていた。

安永七（一七七八）年の今年は、おしのに厳しい注文をつけた。


「今年は藤三郎が元服を迎える」

藤右衛門の声はかすれ気味だった。元日早々、喉が腫れていたからだ。

元日の雑煮を祝う席で、つい奉公人たちに小言を長く言いすぎた。

そのあおりで喉を腫らしていた。

「烏帽子親は四郎左衛門さんにお願いすることになるが、くれぐれも華美な祝いはせぬようにと、おまえからきつく釘を刺しておくように」

「分かりました」

おしのは気持ちのこもらない口調で答えて、店を出ていった。

正面きって、藤右衛門に口答えすることはないおしのである。このときも、指図に逆らいはしなかった。

しかし川沿いの小径を歩きながら、胸の内ではざらりとした思いが渦巻いていた。

頼みごとをしながらも、こちらから注文をつけるのだ。しかも自分は陰に引っ込んだまま、連れ合いにそれをさせるとは！

向かい風に煽られた柳の小枝が、髪にまとわりついてきた。立ち止まり、強く払いのけようとして思い留まった。

ここは町内で、ひとの目があるのだ。

藤右衛門への苛立ちを胸に仕舞って、おしのは髪から小枝を外していた。

＊

今年も例年通り、正月二日の四ツにおしのと藤三郎は招き入れられた。

「今年元服の藤三郎に、わたしが烏帽子親を引き受けることには」

言葉を区切った四郎左衛門は、おしのの目を見詰めた。

「あの藤右衛門とて、よもや異論はあるまいの？」

「ございませんとも」

昨夜もその話をしたばかりですと、おしのは答えた。

「なにとぞ、よろしくお願い申し上げます」

「もちろん、引き受けさせていただこう」

明るい声で答えた四郎左衛門は、手文庫を膝元に引き寄せた。毎年、お年玉が収まっている手文庫だ。

品物のときは現物ではなく、目録を取り出して藤三郎に手渡した。

今年もまた目録だったが、いつもの年よりも大型の袋に収まっていた。

「元服の祝いだ、喜んでもらえると嬉しい」

手渡された袋から、藤三郎は四郎左衛門の目の前で中身を引き出した。

伊勢屋出入りの絵師が描いた、多色を用いた絵である。

見慣れた三河町の河岸に、真新しい火の見やぐらが描かれていた。が、三河町の河岸に火の見やぐらはない。

「きれいな絵ですが、どうしてありもしない火の見やぐらを描いたのですか？」

「それがわたしからの元服祝いだ」

四郎左衛門に言われても、藤三郎もおしのも、うまく呑み込めないでいた。

「うちに出入りする定町廻同心を通じて、三河町に火の見やぐらを新築する許可をいただいた」

四郎左衛門は定町廻同心までも、自在に使っていた。

高さ五間（約九メートル）の火の見やぐらを、三河町に寄贈する段取りを進めていた。

「三河町のかしらには、すでに話を通してある。おまえはいつ何時でも、好きなときにやぐらに登ることができる」

半鐘打ちの稽古も、かしらが段取りしてくれることになっていた。

「質屋の惣領息子に半鐘打ちの稽古をつけるのは、生まれて初めてだと、かしらは苦笑いをしていた」

思いもしなかったお年玉である。藤三郎は尻を浮かし、両目の端を大きく下げて喜んでいた。

驚いたのはおしのも同じだった。

いまでは全幅の信頼を四郎左衛門に寄せていたが、この元服祝いには強い戸惑いの色を浮かべていた。

「どうかしたかね、おしのさん」

「いささか案じております」

四郎左衛門の目を見ながら、おしのは案じ顔で口を開いた。

「もしも藤三郎が半鐘を打ったときは、火消しにも出張るのでしょうか?」

元服を済ませれば、一人前の男である。藤三郎も火事場に出張るのではないかと、おしのは案じていた。

「そのことなら、なんら案ずることはない」

四郎左衛門はあの野太い声で、きっぱりと打ち消した。

「藤三郎は半鐘番までだ。たとえ町内で擂半をすることになっても、火消しに出張ることはない」

町内火消しのかしらも、半鐘番までならとの条件で、稽古つけを引き受けていた。

おしのの表情が一気に明るくなった。

「それをうかがうことができて、大きに安堵いたしました」

礼を言ったおしのは、三つ指をついて深くこうべを垂れた。おしの自慢の黄赤サンゴのかんざし玉が、髪から垂れ下がった。

「よしなさい、おしのさん。こうべを上げてくだされ」

四郎左衛門の声も、うろたえ気味だった。こうべを上げたおしのは、熱い気持ちを両目に託して四郎左衛門を見詰めた。

「下世話なことを申しますが、天井知らずの費えがかかりましたでしょうね」

「安くはなかった」

四郎左衛門は軽くいなした。費えの話はここまでだと、おしのに向けた目が告げていた。

黙っておしのと四郎左衛門のやり取りを見ていた藤三郎が、話の区切りで割って入った。

「この火の見やぐらは、いつ出来上がるのでしょうか？」

「川開きの花火は、おまえの火の見やぐらから見ることができるだろう」

答えたあとで、また目をおしのに戻した。

「質屋の地元に火の見やぐらができるのは、町にとっても佳きことだ」

町内火消し衆も、町に火の見やぐらができれば他町に対しても幅が利く。

「せっかくの藤三郎の元服祝いに、藤右衛門が妙なことを言い出さぬよう、おしのさんからも充分に言い聞かせてもらいたい」

「うけたまわりました」

四郎左衛門の目を見詰めたおしのは、力強い物言いで請け合った。

「お七夜のあの宵から、半鐘を聞いて育ってきた藤三郎です」

元服の年に自前の火の見やぐらを持てるとは、この上なき幸せ者ですと、おしのは想(おも)いの丈をこめて答えた。

「このご恩は、わたしの命あります限り、忘れるものではありません」

藤右衛門には一言の文句も言わせませんと、きっぱり言い切った。

藤三郎も母の言葉に深くうなずき、口を開いた。

「ありがとうございます」

いまや五尺八寸（約百七十六センチ）の偉丈夫となっていた藤三郎は、両手を膝に乗せて心底の礼を言った。

あとの年賀客が多数、別間で待っている。頭取番頭は客間の隅から、何度も目で四郎左衛門にそれを告げていた。

やっと応ずる気になったらしい。

「元服式に、また会おう」

「はいっ」

威勢よく答えた藤三郎は、母を促して立ち上がった。

頭取番頭の顔に安堵の笑みが浮かんでいた。

（四）

天明五（一七八五）年の元日で二十二歳となった藤三郎は、背丈が五尺九寸（約百七十九センチ）にまで伸びていた。

「明けましておめでとうございます」

正月二日、四ツ前。札差・伊勢屋の店先で新年のあいさつをくれた手代は、いぶかしげな顔を藤三郎に向けた。

「今年はわたしひとりです」

問われる前に、藤三郎が答えた。

今年も当然のごとく同行する気でいたおしのに「ひとりで年始参りをさせてくださ
い」と、強く元日の夜に申し入れをしていた。
すでに二十二歳の藤三郎である。
「もはや、おまえが一緒に行く歳(とし)でもないだろう」
藤右衛門がおしのに言い添えたこともあり、藤三郎はひとりで四郎左衛門の前に出
られた。
去年の暮れ、それも二十八日にまで押し詰まってから、羽織も袴も新調していた。
藤右衛門が呉服屋と談判してのことだ。
「来年からは藤三郎も家業に身を入れますゆえ、無理を聞いてくだされ」
実直な藤右衛門が、深くこうべを垂れて頼み込んだのだ。呉服屋は腕利きの仕立て
職人を都合し、大晦日(おおみそか)に仕上げた。
そんないわくつきの羽織と袴を、四郎左衛門は見逃さなかった。
「おまえは二十二にもなって、まだ上背が伸びているのか」
話を始める前に立ち上がるなり、藤三郎と背比べをした。去年はかろうじて四郎左
衛門の上背が勝っていたが、今年は一寸以上も藤三郎のほうが高くなっていた。
「わしは札差当主のなかで一番の上背ありが自慢だったが、おまえに負けたとはの

う」

しみじみつぶやいた四郎左衛門は、今年で六十三となっていた。

元日から旗本の用人が、伊勢屋まで年賀に訪れていた。いずれも二千石級の大身である。

今年も四郎左衛門から多額の融通を引き出さんがために、旗本用人が町人を訪れていた。

元日の四ツ半（午前十一時）から七ツ半（午後五時）まで、四郎左衛門はぶっ通しで無心客の相手を続けていた。

二日の四ツに藤三郎と向き合うのが、四郎左衛門にとって正月一番の楽しみだった。

還暦も過ぎた男が、元服前の男児のように丈比べをしたのも、嬉しさの表れだった。

「ひとりで来たのには、わけがあるな？」

慧眼(けいがん)で知られた四郎左衛門である。藤三郎には子細ありと見抜いていた。

「折り入っての相談がございます」

背筋を伸ばし、相手の目を見詰めた。余計な問い質(ただ)しはせず、四郎左衛門は小さくうなずいた。

「今夜暮れ六ツに、柳橋(やなぎばし)のひさごでどうだ？」

「参ります」

きっぱりと答えて、藤三郎の天明五年年賀あいさつが終わった。

＊

神田川に面した小料理屋ひさごは、四郎左衛門の隠れ座敷である。裏木戸からじかに出入りできる八畳間は、人目を嫌うときの密談場所だった。

藤三郎との面談に、人目を憚ることはなかった。が、折り入っての話というのは尋常ならざるものだろうと、四郎左衛門は判じた。

気の置けない場所で向き合うには、ひさごの八畳間が一番だった。

「雑煮は食べ飽きただろうが、ここの美味さは格別だ」

藤三郎の話を聞く前に、ふたりは雑煮で腹ごしらえをした。

つゆは、鶏ガラとかつお節のダシで仕立てた醤油味だ。長方形の切り餅は、表面にきつね色の焦げ目がついていた。

かまぼこ、しいたけ、それに三つ葉が具だ。甘辛く煮付けられたしいたけは、味の濃いつゆの美味さを引き立てた。

餅の元は伊勢屋が仙台藩から譲り受けた、将軍家にも献上している糯米である。

「こんな雑煮は初めてです」

暮れから元日までは、晴天が続いた。大掃除には格好の上天気だったが、晴れ続きで空気はカラカラに乾いていた。

そのせいで大晦日まで、火事が頻発した。

元旦は初日も拝めたが、だれもが雨の湿りを待ち望んでいた。正月二日の日暮れ前から、空には分厚い雲が貼り付き始めた。

凍えた曇り空で星も見えない夜道を、藤三郎は神田三河町から歩き通してきた。雑煮の代わりを頼んだほどに空腹だった。

「今夜のおまえの話に、酒は無用だろう」

ひさごの女将は四郎左衛門好みの熱い茶を、雑煮のあとに用意していた。

「前置きは無用だ、藤三郎」

促された藤三郎は掘炬燵に差し入れた足を踏ん張り、丹田に力を込めた。

「わたしが火消し人足になれますように、なにとぞ口利きをお願いします」

藤三郎が頼みを言い終えても、しばしの間、四郎左衛門は黙したままだった。あまりにも、途方もない頼みだったがためだ。

「そんなことをわしに頼むからには、相応のわけがあるのだろうな」

「ございます」

姿勢を崩さぬまま、藤三郎は即答した。

「聞かせてもらおう」

二十五貫（約九十四キロ）もある巨体の背筋を伸ばして、藤三郎を見詰めた。

*

三の酉がある年は火事が多い……言い伝え通り、三の酉まであった昨天明四年も師走には火事が方々で生じた。

二十日以上も晴れが続き、江戸の空気が乾ききっていたことも火事を多発させた。

暮れも押し詰まった二十三日の七ツ半過ぎ。鎌倉河岸の造り酒屋野田屋から火が出た。

三河町からは八町（約八百七十三メートル）と離れていない、ご近所の火事だ。伊勢屋の仕事を七ツ半で終えた藤三郎が、火の見やぐらに登った直後だった。

「これは大変だ！」

鉄槌の柄を強く握り、半鐘の内をジャラジャラとこする擂半を鳴らした。

「どこでえ、火元は」

血相の変わった町内鳶のかしら（火消し組の頭）が、やぐらを見上げて怒鳴った。

「鎌倉河岸の見当です」

まだ藤三郎の返答が続いているうちに、鳶宿の若い衆たちは火消し装束を羽織り始めていた。擂半は急を要する出動だった。

まだ陽は西空の根元に残っていたが、師走の夕陽は沈む足が速い。纏持ちが駆けだしたときには、町には夕闇が忍び寄っていた。

藤三郎の仕事は半鐘を叩くところまでだ。一斉に火元に向かって走り出した火消し衆を横目に、いつも唇を噛んで見送った。

正月が目前に迫っていたことで、野田屋も夜通しの仕事に追われていた。蔵内の明かりを保つため、菜種油を大量に用意していた。

その油が火元となって燃え上がった。火が回った蔵の内には仕込み途中の樽、油の染みこんだむしろ、乾いた樽、赤松の薪など、火を煽る資材がごまんとあった。

出火から半刻（一時間）が過ぎても、火勢はまったく衰えなかった。

威勢のよさが売り物の三河町火消しである。なかでも纏持ちの亮助は、火の粉が舞い飛ぶ屋根を獲るのを自慢としていた。

「ここの火の勢いは尋常じゃねえ。屋根を獲るのは、もうちっと様子を見てからにしねえ」

かしらは強い口調で止めた。が、凄まじい炎に魅入られたのか、亮助は酒蔵東端の屋根に登った。風は北風でも、蔵の端なら持ちこたえられそうだった。

纏の振り方で火消し衆に指図するのが、屋根上に立った亮助の役目だ。

「東の建家を三十戸壊して、幅が半町（約五十五メートル）の空き地を造りねえ。そこで火を食い止めろ」

亮助は纏を振り、声を張り続けた。しかし亮助が立つ屋根の下には、膨大な量の菜種油が蓄えられた。樫樽二十も積まれていた。

樽の内で熱せられ続けていた菜種油が、ついに限界を超えて、樽が破裂した。巨大な炎が屋根を突き破り、纏と亮助を呑み込んだ。火消し衆は、蔵が焼け落ちるのを見ていることしかできなかった。

火事は野田屋の蔵すべてが燃え尽きた翌朝五ツ半（午前九時）に、ようやく湿った。亮助は黒焦げの、炭のような亡骸となって発見された。

空き地を設けろと、亮助は纏を振り続けた。その指図に従い、火消し衆は総がかりで建家を破壊し続けた。

野田屋は全焼したが、亮助が命と引き替えに拵えた空き地のおかげで、他町への延焼は食い止められた。

亮助は女房との間に、五歳と三歳の男児を授かっていた。葬儀には鼠色（ねずみいろ）の不祝儀半纏を羽織ったかしら衆が二十七人も参列した。

半纏着用を許された藤三郎は、裏方として下働きに徹していた。

「よその町をあの猛火から防げたことで、うちのひとも本望です」

気丈なあいさつをした二十三歳の女房や、事情が分からず戸惑い顔をした遺児たちを、かしら衆は息を詰めた顔で見た。

「亮助のあとは、ぜひにもあっしに引き継がせてくだせえ」

若い衆は先を競い、危険を百も承知で纏持ちを願い出た。

同じ火消し組にいながら、藤三郎は纏持ちを願い出ることはおろか、火消し人足としての出動すらもかなわぬ身である。

火の見やぐらの見張り手伝い。

これが藤三郎の身分で、火消し組人足ですらなかった。

強い思いに押された藤三郎は、火消し人足に加えてほしいとかしらに懇願した。

「滅相もねえこった」

かしらは厳しい顔を藤三郎に向けた。

「火の見やぐらを寄進してもらった恩があって、若旦那に火事見の当番を頼んでやすが、火消しに出張るのは命がけでさ」

堅気の若旦那の道楽には、付き合ってられやせん……亮助の横死が、よほどにこたえていたのだろう。かしらは尖った物言いで、藤三郎の願い出を拒んだ。

「このうえ若旦那に、もしものことがあったら、あっしは鳶の半纏を脱ぐ羽目になりやす」

間違っても他町の火消し組に入ったりすることのないように……

「御府内の町火消しには、回状を回しておきやす」

かしらは語気を強めて言い切った。

師走の二十七日を限りに、藤三郎は火の見やぐらに登ることをやめた。

「新年も目の前だ。おまえが家業に身を入れる気になったのはなによりだ」

藤右衛門はめずらしく、顔をほころばせて息子と一献を酌み交わした。

「初春を新たな気持ちで迎えるために、羽織と袴を新調してもらおう」

藤右衛門みずから呉服屋に出向き、強い談判をして新調を引き受けさせた。

おしのも内心では息子の火の見やぐら当番を危ぶんでいた。いつ、どんな拍子に、火事場に出張るのかと危惧していたのだ。

加えて、つい先日の亮助の横死である。

「なにとぞ藤三郎が、火の見やぐらから降りますように」

おしのは神田明神まで毎日出張り、賽銭を投げて願掛けをしていた。

「ぜひにもこれからは、伊勢屋の身代を守っておくれ」

早速にも御利益があったと、おしのは息子の心変わりを喜んだのだが……

＊

「おまえの頼みを、もしもわしが引き受けたら、うちと三河町とは末代までの絶縁となる」

それを承知かと藤三郎に質した。

「父はあの気性ですから、わたしが火消し人足になったらば、直ちに本勘当を届け出るのは間違いありません」

息子を勘当し、義絶の届け出を町役人に提出するのが本勘当である。届けが受理されれば、以後は他人となる厳しい措置だ。

「大きなご迷惑をおかけしますが、わたしには火消しのほかに生きる道はありません」

小声だが、ゆるぎのない物言いである。

四郎左衛門は黙したまま、冷め始めた焙じ茶の湯呑みに手を伸ばした。

重たかった空が雨を落とし始めた。

「この雨のおかげで、江戸は火事を案ずることなく、今夜は初夢が見られそうだな」

乾いた江戸に、恵みの氷雨が降り始めた。

（五）

四郎左衛門の使いが三河町を訪ねてきたのは、一月十六日の昼前だった。帳場にいた質屋の手代は、奥に案内しようとしたのだが、

「てまえどものあるじからの言伝を、若旦那さんにお伝えするだけです」

使いは案内を固辞した。

正月二日に藤三郎を迎えた、あの手代が使いだった。

「本日暮れ六ツに、柳橋のひさごにお越しいただきたいと、旦那様からのお言伝です」

「承知いたしました」

深い辞儀で礼を言った藤三郎は、店の外まで一緒に出て手代を見送った。

「天王町の用向きは何だったのだ？」

奥に戻るなり、藤右衛門に質された。藤三郎の仕事ぶりには満足している藤右衛門だが、四郎左衛門からの使いには気を尖らせていた。

「今夕六ツに、柳橋まで出向きます」

藤三郎はそう答えただけで、番頭との帳面調べに戻った。藤右衛門もその上は訊かなかった。

「今夜は凍（ひ）えがきついから、肌着を重ね着してから行っておくれ」

息子の身を案じたおしのは、厚手の肌着と股引（ももひき）を用意した。が、藤三郎は断った。

「いまどき、肌着を重ね着する同い年の男はいません」

藤三郎は股引も拒んだ。肌着すら着ずに、長襦袢（ながじゅばん）にあわせの長着、黒羽二重の羽織という身なりでひさごに向かった。

履き物は素足に雪駄（せった）である。待ちに待っていた四郎左衛門からの呼び出しだ。正面から吹き付ける北風も、寒いとは感じなかった。

もしも江戸に十組ある定火消しのひとつに組入りがかなったとしたら……

臥煙(定火消しの人足)は厳冬期のいまでも素肌に薄物の長着一枚、素足に雪駄という身なりが決まりなのだ。

肌着を重ね着し股引まで穿いて柳橋に向かうなど、みずから臥煙への道を閉ざす愚挙だ。長着の胸元をわざと開き気味に着付けた藤三郎は、雪駄の尻金を鳴らして歩いた。

羽織こそ着用していたが、気分はすでに臥煙だった。

柳橋到着時、暮れ六ツにはまだ充分に間があったはずだ。が、すでに四郎左衛門はコタツに入っていた。向かい側に座した藤三郎はコタツに足は差し入れず、座布団に正座した。

「おまえのその心構えなら、定火消しの人足も務まるやも知れぬな」

肌着も着ておらず素足で出向いてきたうえ、コタツも使おうとはしない。その振舞いを見ながら、四郎左衛門は話しかけた。

「内藤正房様の御用人様のお口添えで、市谷左内坂の火消屋敷への組入りがかなった」

四郎左衛門は例によってさらりと言った。

＊

天明五年のいま、江戸御府内には定火消し十組が設けられていた。

赤坂溜池・赤坂門外・飯田町・市谷左内坂・小川町・御茶の水・麴町半蔵門外・駿河台・八重洲河岸・四谷門外の十組である。

定火消しは公儀若年寄が管轄した。任命されるのはいずれも三千石以上の旗本で、役料と火消屋敷が与えられた。

役料は大した額ではないが、旗本にとっては定火消し任命は大きな栄誉だった。公儀から賜る火消屋敷は敷地三千坪で、門構えも許された。広い敷地内には、騎馬にて火事場に向かうための馬小屋もあった。

また火事場の野次馬を排除するために、威嚇射撃の鉄砲使用も許されていた。

定火消しに任ぜられた旗本は、内室・子女ともに屋敷にて起居することを命じられた。妻子ともども、火消しに精を出せとの命に等しかったのだ。

屋敷内の建造物で特徴的なのは、高さ三丈（約九メートル）の火の見やぐらだ。どの屋敷も、擁する臥煙は二十八名。その中から毎晩当番で、二名が寝ずの番を言いつけられた。

火事を見つけたときはひとりが太鼓、もうひとりが半鐘を鳴らした。叩き方は町火消しと同じで、近い火事は擂半を鳴らし、太鼓を連打した。

やぐらの見張り番には太鼓の皮の養生という名目で、一夜につき二升の酒が火の見やぐらに届けられた。

厳冬期でも見張り番が身につけるのは鹿革の上着、素肌に袖を通した木綿の長着だけだ。太鼓の皮を養生する酒が、さぞや役に立ったことだろう。

臥煙の就寝は町木戸が閉じられる四ツだ。五十畳の広間には、長さ三丈の丸太が何本も並べられていた。

臥煙たちは丸太を枕代わりとして就寝した。ひとたび半鐘と太鼓が鳴ると、不寝番が丸太の端を木槌で打ち、臥煙を叩き起こした。

とはいえ大方の臥煙は、火の見やぐらが打つ太鼓で飛び起きた。枕を叩く木槌まで気付かぬ者は、酒が入った男のみだった。

火事場で定火消しと町火消しがぶつかったときは、定火消しに先を譲った。なにしろ旗本配下の火消しである。町の鳶職人たちでは、業腹ながら位負けしたのだろう。

火消屋敷の臥煙は二十八人限りだ。藤三郎のように強く憧れたところで、組入りできるのは、強い引きのある者に限られた。

上背は五尺六寸（約百七十センチ）以上で、色白の江戸者が条件だ。真冬でも素肌に木綿物一枚という身なりは、やせ我慢の極みだ。しかも生地は薄手に限られた。

長着から透けて見えるように、臥煙は背中に彫り物をした。極彩色の彫り物を仕上げるには、高熱でうなされる日々が続く我慢を強いられた。

背中に背負った彫り物が、その臥煙の我慢強さの象徴とされていた。

＊

「いまならまだ、御用人様にお断りすることもできる」

藤三郎を見詰める四郎左衛門の両目が、強い光を帯びていた。

「背中に彫り物を背負ったのでは、二度と堅気の暮らしには戻れまい」

質屋の代を継ぐなど、たとえ藤右衛門が勘当を解いてもあり得ないと、四郎左衛門は強い口調で釘を刺した。

質屋稼業は、江戸の治安を守る手伝いの生業である。質屋株を得るためには、町役人五人の推挙が必須とされていた。

そんな質屋の当主が背中にもんもんを背負っているなど、沙汰の限りである。

「ひとはだれしもが、そこを越えては引き返せなくなる境、結界がある」

定火消し人足になるということは、伊勢屋と義絶することを意味するぞと、四郎左衛門は静かな物言いで告げた。

藤三郎は四郎左衛門から目を逸らさず、正座の膝に乗せた両手をこぶしに握っていた。

「わずかでも迷いがあるなら、きっぱりと定火消し人足のことは忘れろ」

御用人様への詫びは、幾らでも引き受けるぞと告げて、目から光を消した。

「あちらの旗本には、大きな貸し金がある。その幾らかを棒引きにすれば、詫びは通せる」

おまえの生涯を思えば、棒引きなどたかが知れていると、口調を和らげた。

「お心遣いには、御礼の言葉もございません」

こぶしに握ったまま、藤三郎は口を開いた。

「わたしは火消しで命が果つるのなら、両親には申しわけありませんが本望です」

なにとぞ組入りの話をまとめてくださりますように……藤三郎はあたまを下げた。

「そこまで肚が決まっているのなら、もう言うことはない」

コタツの卓に置いてある小鈴を振った。小さな音だが、すぐに女将が顔を出した。

「固めの盃がいる」

「承知しました」

女将は酒の支度に下がった。

「おまえの頼みをわしが聞いてやれたのも、札差が生業ならばこそだ」

四郎左衛門は尻をずらし、コタツに差し入れた両足を手前に引いた。

「うちの頭取番頭しか知らない額だが、おまえの組入りを承知した旗本には、すでに二千両のカネを融通している」

金利は一年で一割八分。受け取り利息だけで一年で三百六十両になると続けた。

「この利息を今年は半額にまけてやるのが、おまえを引き受けさせる落としどころだ」

四郎左衛門の両目が、また光を宿した。

「カネさえあれば、徳川家直参の御家人株でも手に入る世の中だ。わしは札差百九人のなかでも、図抜けた蓄えを持っている」

四郎左衛門が話の途中で口を閉じた。女将が酒と肴を運んできたからだ。コタツの卓に並べただけで、女将は下がった。

四郎左衛門は徳利を差しだした。盃で受けた藤三郎は、徳利に手を伸ばそうとした。が、それを拒んだ四郎左衛門は、手酌で自分の盃を満たした。

「おまえの決意への固めだ」

一気に干した盃を卓に置き、話を続けた。

「うちが本両替に預けてある蓄えは、元日の帳面で二十万両に近い」

もう一度手酌で注いだ酒を、四郎左衛門はまた一気に干して先を続けた。

「ひとには越えてはならない境があると言ったのは、わしにも当てはまる」

四郎左衛門は藤三郎の目を見詰めた。

「わしの家業は禄米担保の金貸しだ。客のなかには再来年受け取りの禄米まで、すでに担保となっている御家人も多数いる」

伊勢屋の蓄えは、そんな武家から搾り取る利息が大半だと明かした。

「火消しに命を賭したいがために、本勘当をも辞さないおまえの決意の固さには、正味であたまが下がる」

四郎左衛門は両手持ちの徳利を差しだした。藤三郎も盃を両手で持って受けた。

「二十万両の蓄えというのが、わしが越えてはならない境だと思っている」

独り言のような物言いをして、藤三郎を見詰める目を引き締めた。

「命を粗末にせず、たとえ勘当されても、藤右衛門の身代を火事から守れ」

「肝に銘じます」

答えてから、藤三郎は盃を干した。決意の強さが伝わったのか、ロウソクの炎が揺れた。

＊

藤三郎を本勘当としたのは決して一時的な怒りからではないと、近頃の藤右衛門はおのれに言い聞かせていた。

藤三郎がここに暮らしていたときは、何度も目の前に座らせて説教もした。おしの口からきつく窘めさせたこともあった。

それらがことごとく実を結ばなかったのは、陰で四郎左衛門が藤三郎に力添えをしていたからだと、藤右衛門は確信していた。

臥煙として火消屋敷に入れたのも四郎左衛門の口添えがあればこそなのだ。

質屋の惣領息子が家業柄、もっとも忌み嫌うべき火事に、あろうことか気を惹かれていた。

しかも天下の大尽、伊勢屋四郎左衛門が息子の尻押しをしていた。

息子も息子だが、尻押しをする四郎左衛門に我慢がならなかった。ふたつの怒りが重なり合い、堪忍袋が破裂した結果の本勘当だったのだ。

「そんなことをなさると、伊勢屋さんは大事な惣領息子さんと、赤の他人となります」

町名主は届け出を思い留まるようにと、藤右衛門を強く諌めた。が、一切、聞く耳を持たずに押し通した。

「家業を大事にしてこその惣領息子です。もはやあれは、跡取りではありません」

仕舞いには町名主も諦めざるを得なかった。

いざ本勘当が受け付けられると、藤右衛門の胸に大きな洞穴ができてしまった。

跡を託す者が目の前にいればこそ、藤右衛門も気を張っていられた。

幾たび居室で向き合っても、藤右衛門はきつい戒め、窘めしか言わなかった。が、向き合っていられた限りは、当主としての務めに徹していた。

その藤三郎が家を出た。そしてご他人さまとなった。

おしの、奉公人、そして町名主や株仲間、さらには町内の住人のてまえもあり、藤右衛門はいままで同様の立ち居振舞いを続けた。

しかし夜更けてから、ひとり火鉢に手をかざしてもの想うたびに、胸にできた空洞が空疎な響き方をした。

藤右衛門が断行した本勘当を、胸の洞穴が嗤う音に聞こえた。

藤三郎を出して、まだわずかな日々だ。

この先、生きている限りこの悔いが続くのかと思うと、いかほど丹田に力を込めても、背中が丸くなるのは止められなかった。

いまの藤右衛門を支えるのは、ご他人さまからお預かりした質草を、暖簾にかけても守り抜くとの、代々の教えだった。

伊勢屋の暖簾はわたしが守る。

小声で言い切った藤右衛門だが、あたまに浮かんでいたのは、おもちゃの纏を振っていた藤三郎だった。

*

町名主から書き付けを手交されたあの日以来、めっきり藤右衛門と話すことが減っていたおしのである。

たったいま、つくり笑いをして普通に話していたのに、立ち上がったときには胸の内に怒りが込み上げてくる。

それは自分への怒りでもあった。

なぜ家を出る覚悟で、本勘当の願い出を止めなかったのか、と。

いまや藤三郎は、世間から嫌われている臥煙である。

ひとたび火事となったら、なんとか消してと臥煙にすがりながら、その一方ではわるく言う。

藤三郎が火消屋敷に入った日から、おしのは世間の身勝手に思うところを抱えていた。

それは藤右衛門に対しても同じだった。

「蔵の品々はひとさまからの預かり物ばかりだ。うちの身代を賭してでも、災難から守るのが伊勢屋の務めだ」

口ではこう言いながら、一番怖い火事に立ち向かう臥煙となった息子に、藤右衛門はあろうことか本勘当の沙汰を下した。

伊勢屋の蔵が焼け落ちてから思い知っても、もはや手遅れだ。

藤三郎の話も聞かず、わたしの思いも知らずに本勘当まで勝手に願い出やがってと、あのときのおしのは胸の内で大荒れだった。

あの本勘当を止めなかった自分のことも、おしのは責め続けてきた。

毎朝おしのは荒神様のお札に、身体をふたつに折って藤三郎の息災をお願いしていた。

藤三郎の無事を願えば願うほど、世間体ばかり気にする藤右衛門に怒りを覚えた。

もの想いを続けているとき、半鐘が鳴り始めた。おしのは急ぎ、炊事場に走った。

火の始末はきちんとできていた。

荒神様のお札に、おしのはいつも以上に強く手を合わせていた。

（六）

市谷左内坂の火消屋敷当主は、内藤正房（旗本）である。

禄高こそ三千石と立派だが、内証は苦しい。札差伊勢屋からの借金は毎年増えて、いまでは二千六百両に達していた。

藤三郎が伊勢屋と縁続きであることが、内藤家用人の平田七右衛門には、格好の談判材料だった。

確たる返済目処もないのに、平田は追貸しを四郎左衛門に強要した。藤三郎の組入り以来、毎年百五十両ずつ追貸ししてきた。

が、二千六百両を限界と断じた四郎左衛門は、これが無心に応ずる最後だと通告した。天明から寛政への改元翌日、寛政元（一七八九）年一月二十六日のことである。

四郎左衛門の最後通告を境に、与力と同心から藤三郎への風当たりが強くなった。

「我が定火消しに留まりたければ、天王町にそのほうから助力を求めよ」と。

知らぬ顔で聞き流していたら、梅雨時の火の見やぐら当番を一日おきに命じられ始めた。さらには火消し出動から外され、三度に一度は待機を命じられた。

露骨な措置にも藤三郎は知らぬ顔を通した。不平を口にすれば与力の、さらには用人平田の思うつぼに嵌まると分かっていたからだ。

平気な顔で我慢ができた理由は二つ。

ひとの暮らしを火事から守る使命感と、四郎左衛門に抱え持つ恩義の重きがゆえだった。

一向に与力の酷い仕打ちがやまぬまま、寛政元年九月十六日を迎えた。この日の午後、内藤屋敷では歓喜の声が破裂した。

老中松平定信の命にて、勘定奉行が棄捐令を発布したからだ。徳川家直参旗本と御家人が札差に負った借金、総額百十八万両超の帳消しを命じたのだ。

札差百九人のなかで、伊勢屋四郎左衛門は最多額の二十二万両を失った。

内藤家が伊勢屋に抱え持っていた二千六百両も、その全額がチャラになった。

「もはや天王町を頼ることもない。そのほうとて、行く末を再考いたすときだの」

与力は口元と目元を、勝ち誇ったかのように歪めていた。

非番だった藤三郎は八ツ半（午後三時）の鐘で火消屋敷を出て、天王町へと向かった。途中、何人もの早刷り（号外）売りを見た。

「あの札差百九人に、天罰が下ったよおお！」

腰を振り、帯から吊るした鈴を鳴らしながら、早刷りを売りまくっていた。

臥煙は速歩だ。市谷から半刻半（一時間半）で、蔵前天王町に行き着いた。いつもなら日没まで蔵前の大路は、ひとの群れが行き交っていた。

今日はどの札差も雨戸を閉ざしていた。まだ西日が残っていても、人影が絶えていた。

伊勢屋だけは雨戸が全開で、西日避けの巨大な日除け暖簾を張っていた。

「お取り込み中、ごめんなさせえ」

薄地の長着一枚に、素足に雪駄の大男が、土間から売り場座敷に声を投げ入れた。臥煙になって以来、四年ぶりに訪れた伊勢屋だ。

手代も小僧も、藤三郎を初めて見た者が大半だった。しかも身体の向きを変えた拍子に、色彩豊かな不動明王が透けて見えた。

店が潰れるかもという取り込み中だけに、応対するのを手代はためらったようだ。

「四郎左衛門さんに、つないでくだせえ」

伝法な物言いで用向きを告げたとき、間のいいことに四郎左衛門が顔を出した。

「そこから上がってこい」

四年ぶりに顔を合わせた四郎左衛門は、変わらぬ巨漢ぶりだった。奥の客間で向き合うと、先に四郎左衛門が口を開いた。

「これしきのことで、身代が傾くような伊勢屋ではない。心配は無用だ」

意気軒昂だった四郎左衛門は、降って湧いたような悪運を払いのけるために酒を用意させた。客間の時計が七ツ半を告げた。

四半刻（三十分）の間、四郎左衛門は過ぎた四年間がどうだったのかと問うた。藤三郎は用人と与力の仕打ちには、一言も触れなかった。

語らずとも四郎左衛門は察したようだ。

「おまえと会っていなかった四年間で、蓄えは二十万両を大きく超えてしまった」

結界を踏み越えた報いだろうと、四郎左衛門がめずらしく弱音を吐いた、そのとき。

火の見やぐらが半鐘を叩き始めた。火元は遠いことを報せる打ち方だった。

今日の藤三郎は非番である。しかも火消屋敷には深い屈託を抱え持っていた。

火元を確かめず、四郎左衛門との会話を続けた。酒の代わりを運んできた女中が、火元は神田の方角らしいですと伝えた。

藤三郎も四郎左衛門も顔色が変わった。

火事が神田の見当……女中は気にも留めずにこれを言った。聞いた藤三郎は、尻をずらした。

さりとて四郎左衛門のてまえもあった。本勘当を承知で、火消屋敷への口添えを頼んだのだ。結果、四郎左衛門も藤右衛門との行き来は気まずくなっていた。

そんなためらいを四郎左衛門は、野太い声で吹き飛ばした。

「実家の近くだ。すぐに行ってこい」

「がってんでさ」

急ぎ立った藤三郎を四郎左衛門は見上げた。

「藤右衛門は質草を流されても仕方がないと肚をくくったうえで、カネを融通して苦しい暮らしの手助けをしている」

藤右衛門への敬いが語調に滲んでいた。

「借金を踏み倒す武家相手のわしの稼業よりも、はるかに世のためになっている」

その言い分には、藤三郎もうなずいた。

「なにがあろうとも、実家をおまえの手で火事から守ってやれ」

「がってんでさ！」

威勢よく答えて客間を飛び出した。

＊

「まったく、おまえは……」

藤右衛門がため息をついた。水でこねた用心土が、左手に持った杉板に盛られていた。

蔵の繋ぎ目に目塗りをするための土である。

蔵は四方の漆喰壁を普請したあとで、別ごしらえの屋根を乗せる造りだ。ていねいな造作でも、屋根と壁の間には隙間ができた。

周囲で火事が起きるなり、左官が飛んできて隙間の目塗りをし、火の侵入を防ぐことになっていた。本来なら左官の仕事だ。しかし出入りの左官屋は、火元に近い客からの目塗り注文に追われて、全員が出払っていた。

伊勢屋はしかし、火元からは相当に遠い。

火事こそ一番の大敵と言いながらも、藤右衛門にはまだ言い慣れたあの戒めを口にできる気のゆとりがあった。

「ご他人様の大事な質草を納めるのが、質屋の蔵だ。目塗りもしなかったのでは、世間に顔向けができない」

左官がいないなら自分たちでやるしかないと、藤右衛門は総出の目塗りを始めていた。

伊勢屋は三蔵を構えていた。手代と小僧だけでは手が足りなかった。雑物を納める三番蔵は、藤右衛門・番頭・小僧という、ずぶの素人三人で取りかかったのだが、

「おまえは算盤(そろばん)を持たせたら並ぶ者がいないほどに達者だが、目塗りは不器用のきわみだ」

動きのわるい番頭に焦(じ)れた藤右衛門は、八つ当たりも同然の文句をつけた。すでに暮れ六ツを大きく過ぎており、蔵は闇に溶け込んでいた。

高い位置の目塗りのために、番頭は梯子の上部にいた。が、小僧の弱い力で根元を押さえても、上部は揺れてしまう。

その揺れに怯えて、番頭は藤右衛門が投げ上げる用心土を受け取ることができなかった。

六度目も受け取りをしくじったとき。

闇のなかで別の梯子を登った藤三郎が、番頭の襟首を掴んだ。そして蔵から出ている鉤釘に、長着の襟を引っかけた。

「これで両手が使えるぜ。おれが脇にいるから、安心して土を受け取りねえ」

小声の教えにこわごわ動いたら、両手が自在に使えるのが分かった。

「どうぞ旦那様、幾つでも土を放り上げてください」

威勢の戻った番頭の声で、今度は藤右衛門がせっつかれることになった。

小僧が練り上げた用心土を、藤右衛門が放り上げるのだ。土の受け取りでは屈み、放り上げでは逆に背を一杯に伸ばす。

年配の父が身体に難儀させているさまを、藤三郎は高いところから見守るしかできなかった。

とはいえ、もしも父の動きがのろくなったら、即座に飛び降りる気でいたのだが。

藤右衛門はやり切った。

カアアーン……カアアーン……

町内のあの火の見やぐらが鎮火の報せを打ち始めた。

「火は湿りました」

手代が息を弾ませて報せてきた。

「なによりだ」

深く安堵した藤右衛門は、番頭が鉤釘に吊り下げられているのも忘れて店に戻った。

多数の火事見舞客の相手をするためだ。

半刻が過ぎて見舞客も途絶えたところで、やっとのことで降ろされた番頭は藤右衛門に小声で教えた。

「お手伝いをいただきました火消しの方が、旦那様にごあいさつをなさりたいとして、三番蔵の前でお待ちでございますが」

大柄な男が番頭に手助けをしたのは、藤右衛門も暗がりのなかで見ていた。あいさつをしたいと聞かされて、意味を取り違えた。

「わたしが会うまでもない。お預かりしている品なら、無利息でお返ししなさい」

「そうではございませんので……」

助けてくれたのは若旦那ですと、番頭は言葉を足した。

「あれは藤三郎だったのか！」

思わず声を弾ませたが、すぐさま厳(いか)めしい表情を拵えた。

「もはや勘当した、ご他人様だ。わたしが会うこともない」

顔をしかめて一気に言った。番頭はその言い分を押し戻した。

「目塗りを手伝ってくれた伊勢屋の恩人に、それでは道理が通りません」

ひと目だけでもと番頭は譲らなかった。不承不承ながら、藤右衛門は勧めを受け入れた。

「どちらさまか存じませぬが、てまえどもの急ぎの目塗りをお手伝い……いや、お助けくだすったと、番頭から聞きました」

藤右衛門はここで初めて藤三郎を、正面から見た。そして礼を言ってから、あとの言葉を続けた。

「この寒空のなか、ひとえの長着一枚で過ごしておいでとは、いささか驚きました」

硬い物言いは続いていた。が、そんな薄着で大丈夫なのかと、息子を案ずる想いは隠そうとしても滲み出ていた。

これを聞くなり、大柄な藤三郎が前屈(まえかが)みになった。

「不孝の限りを重ねてきましたゆえ、顔など出せた身ではありませんが……火事が神田方面だと分かるなり、我を忘れて駆けつけて参りました」

小声だが、物言いは商家の惣領息子のものに戻っていた。

藤右衛門は厳しい顔つきを崩さぬまま、息子に応え始めた。

「あなたがここで暮らしていたときは、背中に絵を描いたりしてはいなかった」

両親から授かった肌を傷つけたりして、さぞやご満足でしょうよと、尖った物言いを続けた。藤三郎は黙したまま、父への敬いを込めて藤右衛門を見詰めていた。

年配の身体も厭わず、用心土を放り上げ続ける父の姿。

目の当たりにした藤三郎は、父から戒め続けられてきた数々を、今夜一気に得心できた。

ご他人様の品々をお預かりする家業。

その信念を守り抜くために、父は身体を張って立ち働いていた。しかも父の信念は、小僧にまで行き届いていたと分かった。

その父のこころに背き、おのれの欲だけで臥煙となったのだ。いかなるきつい言葉で責められようとも、いまの藤三郎は衷心から聞き入れられると気持ちが定まっていた。

不意に敷石を踏む下駄の音がした。番頭から聞かされて、おしのが飛んできたのだ。

「そんな薄着で、寒くはないのかい……」

あとは込み上げてくる涙で、声が出なくなっていた。藤三郎は潤んだ目でおしのを見て、深くあたまを下げた。

薄着を透して彫り物が見えた。

藤右衛門とは異なり、おしのは息子の大きくなった背中を頼もしく思った。

「簞笥には着る者もいないあわせが、何枚も仕舞ってあるというのに、おまえはそんな薄着で可哀想に」

「着る者なしのあわせなら、店の前にうっちゃっちまえばいいだろう」

藤右衛門が、ひときわ声を尖らせた。

「どうしておまえさんは、そんなひどいことを言うんですか」

捨てるぐらいなら、藤三郎に持たせてやりたいのにと、藤右衛門に食ってかかった。

「おまえも分からないやつだ」

おしのの目を見据えて、あとを続けた。

「表にうっちゃっといたら、だれかが拾って帰れるだろうが」

「あっ……!」

おしのもやっと、連れ合いの言い分が呑み込めたらしい。

本勘当から今夜まで、藤三郎のことなど脇において、このひとは伊勢屋の体面を一番に気にしていると思い続けていた。

そうではなかった。

藤右衛門もまた、ときにはわたし以上に、藤三郎を思っていたのだと、いま分かった。

気が晴れたら口が滑らかになった。

「だったらおまえさん、簞笥ごと店の前に捨てましょう」

弾んだ息を落ち着かせたところで、おしのは藤右衛門を見詰めた。

「あの年の暮れに急ぎ新調した羽織と袴を、藤三郎にもう一度着させましょう」

「勘当した息子に伊勢屋（うち）の晴着を着せて、どうする気だ」

「火事のおかげで、藤三郎が戻ってきてくれたんです」

おしのはひと息をおいて息子を見た。

「身なりを調えさせて、火元まで御礼に出向きましょう」

柳田格之進

（一）

天保七（一八三六）年六月六日早朝、六ツ半（午前七時）過ぎ。

夜明けから快晴となった空を、朝日が威勢よく昇り始めていた。

浅草阿部川町（現台東区元浅草三丁目周辺）は、遠く慶安時代から町内に孫三稲荷神社を擁してきた由緒ある町だ。

大川から真っ直ぐ西に延びる大路は、稲荷社例祭には三尺（約九十一センチ）の大型神輿が出た。その大路を、真夏早朝の朝日が照らしていた。

由緒は古いが昔から武家の町屋敷はほとんどなく、商人と職人が暮らしてきた町だ。商家が軒を連ねる表通りの一筋裏手には、通い職人たちが暮らす裏店（長屋）が棟を並べていた。

「いやはや、なんという朝日の強さだ」

阿部川町の町木戸手前で立ち止まった喜助は、ひたいの汗を拭った。浅草橋の周旋屋を出てからここまで、羽織の背に朝日を浴び続けて歩いてきた。

真夏の朝だというのに羽織姿なのは、いま向かっている客先への礼儀からである。しかも前触れもなしに、こんな早朝に訪れるのだ。気が急くあまり、早い歩みを続けてきていた。

町木戸前までたどり着いた安堵感で足を止めたら、一気に汗が噴き出してきた。羽織のたもとから手拭いを取り出し、ひたいの汗を拭った。

が、朝日を浴び続けた背中も、すでに汗まみれである。羽織を脱いで、お仕着せの背中に風を通した。

大川を渡ってきた風で身体を冷ましてから、再び羽織に袖を通した。向かう先は町木戸の南側路地の突き当たりである。

せっかく冷ました身体に汗が戻らぬよう、歩みを気遣って路地を進んだ。

幅一間半（約二・七メートル）の路地両側には、三軒長屋が三棟ずつ、都合六棟の長屋が続いていた。

今朝も上天気だ。通い職人たちはすでに朝飯も済ませて、仕事場に向かったあとである。女房連中も亭主を送り出したあとで、のんびり構えているらしい。

路地の気配はゆるんでいた。日がささない路地の地べたには猫が寝そべっていた。

この路地の突き当たりが、六棟ある長屋の家主甚兵衛の住まいだ。玄関前まで進んだ喜助は、深呼吸を繰り返した。

きつい掛け合いに臨む前に、いま一度気持ちを落ち着けようとしたのだ。

ところが不意に格子戸が開き、甚兵衛が出てきた。

「なんだい喜助さん……こんな朝から」

甚兵衛は溢れそうに水を張った手桶を持っていた。

「まさかここでお顔を合わせるとは思ってもいなかったものですから……」

驚きで、またひたいに汗が噴いていた。

「あたしに用ありなのかい？」

「さようでございます」

「まだ六ツ半を過ぎたばかりだというのに、かね」

甚兵衛の物言いが、いぶかしがっていた。

「いささか、急いておりまして……」

喜助は子細には触れず、語尾を濁した。

「いまから朝顔に水をくれるところだ」

不承不承ながら、甚兵衛は喜助の不意の来訪を受け入れたらしい。

「手桶の水をくれながらでいいなら、庭で聞こうじゃないか」

喜助の返事も待たず、甚兵衛は玄関脇から庭に回った。敷地三十坪の平屋だが、建家の裏には小さな庭があった。

庭に面して濡れ縁も造作されていた。

濡れ縁の正面には竹の生け垣が設けられており、紫や薄青の朝顔のつるが巻き付いていた。

生け垣の先には材木置場が広がっている。大川端から昇った朝日は、朝顔を裏側向こうから差していた。

手のひらをひしゃく代わりに使い、甚兵衛は手慣れた形で朝顔に水をかけ始めた。

「それで……あんたの用向きはなんだね」

喜助は深く息を吸い込み、ふうっと吐き出してから答え始めた。

「こちらのお住まいに、ぜひともお武家様を周旋させていただきたくて、早朝も顧みずに出張(でば)って参りました」

喜助が一気に言い終えたとき、甚兵衛の手桶もカラになっていた。

喜助が番頭を務める浅草橋の周旋屋と甚兵衛とは、長い付き合いである。六棟ある長屋の店子周旋も、すべて喜助の店に任せていた。

表通りの端に空き家が出たことで、甚兵衛はそちらに移る段取りを始めていた。いまの住まいは貸し家に回す腹づもりで、すでに喜助には告げていた。

が、条件がひとつあった。

「素性の確かな大店のご隠居などが好ましい。朝顔を大事にしてもらえるひとに貸したい」

武家に貸すなど、思案の外だった。

「素性は確かだろうね？」

「それはもう、てまえどものあるじが請け合っております」

言下に断られなかったことで、喜助は前のめりになって応えた。

「いつから、そうしたいんだね」

「甚兵衛さんのご都合次第ですが、先様はできるだけ早くとお望みです」

材木置場の彼方から差す朝の光が、喜助の顔を照らしている。拭いても拭いても、新たな汗が玉を結んでいた。

「とにかく、座敷に上がろう」

甚兵衛は濡れ縁下の踏み石に向かった。庭から上がるつもりらしい。喜助もあとに続き、踏み石の上で履き物を脱いだ。

＊

「まずは麦湯でも口にして、汗を抑えてくださいな」

甚兵衛の女房は井戸水で冷やした麦湯を供した。六ツ半どきには早すぎる一杯だが、喜助の汗を見て支度したのだ。

「いただきます」

手拭いを膝元に出したまま、喜助は麦湯に口をつけた。その顔を見ながら、甚兵衛が口を開いた。

「お武家様に貸す気などないのは、あんたも承知のはずだが」

渋い物言いを聞くなり、喜助は湯呑みを膝元に戻した。

「もちろん承知でございますが、てまえどものあるじが、ぜひにもと申しておりまして」

喜助は背筋を伸ばしてあとを続けた。

「物知りの甚兵衛さんのことですから、彦根藩の井伊様も、もちろんご存じでございましょう？」

相手を持ち上げるような物言いで、甚兵衛に問いかけた。

甚兵衛の鼻の穴が膨らんだ。自慢話を始めるときの兆しだった。

「三十五万石の譜代大名で、初代が彦根城主に就いて以来、いまに至るまで一度も転封されたことのない、数少ないお大名のお一方だ」

物の本を素読みするかの如く、甚兵衛は一気に言葉を続けた。

「御城（江戸城）での控えの間は会津松平家、高松松平家と並び、将軍様執務部屋にもっとも近い溜間をいただいている、あの井伊様なら、もちろん知っている」

溜間に詰められるのは、徳川家すべての家臣のなかで最高の栄誉とされていると付け加えて、甚兵衛は言い分を閉じた。

まさかこれほどの物知りとは……と、喜助は唖然となり口を半開きにしていた。

「それで喜助さん、その井伊様のご家来のどなたかが、ここを借りたいというのかい？」

「まさに左様でございまして」

喜助は膝をずらし、身体を前に動かした。

「元来は四谷紀尾井坂近くの中屋敷にお住まいだったお方ですが、去年の秋口に奥方さまが組屋敷内で病死なされました」

喜助は武家の子細を話し始めた。

＊

名は柳田格之進。百五十俵取りの納戸役である。心ノ臓に病を抱え持っていた妻女吉乃が、昨年九月に急逝した。

江戸詰の格之進は中屋敷内が住まいだ。が、亡き妻が好きだった浅草阿部川町に移り住みたいと、用人に願い出た。

「孫三稲荷の神輿を、吉乃はことさら好んでおりました」

ぜひにも願いをかなえていただきたくと、格之進はこうべを垂れて願い出た。

彦根藩家臣でありながら、格之進は薩摩藩上屋敷内の道場まで遠路出向き、剣術稽古に励んでいた。

薩摩藩秘伝の「示現流(じげん)」を、確実に体得せんがためである。彦根藩用人を通じての稽古願いであったがため、薩摩藩も受け入れた。

「藩主警護に役立てたく存じまする」

格之進の一心を彦根藩も薩摩藩も了としての、特例の稽古実現だった。

そんな気性の柳田格之進の願い出である。

「そのほうの勤務先も蔵前(くらまえ)の彦根藩御米蔵として、転居を承認いたす」

格之進の人となりを高く買っていた用人は、願い出から十日後に承認した。

＊

「柳田様はお嬢のおきぬさまとふたりだけで、下男も女中もおりません」

朝顔の手入れを吉乃もおきぬも、得手としていた。組屋敷内に竹垣を設けて、朝顔のつるを巻き付けていたと喜助は聞かせた。

吉乃が浅草を好んだわけも、朝顔市に毎年、娘と連れ立って出向いていたからだ。

朝顔好きと聞かされて、甚兵衛の表情が大きくゆるんだ。喜助の声に張りが出た。

「貸し家の店賃も柳田さまはご承知ですし、支払いは一年ごとの前払いで、彦根藩江戸屋敷から支払われます」

彦根藩が店賃を支払うと聞かされて、甚兵衛は相好を崩した。

「そんなやっとうの腕が立つお武家様が住んでくださるなら、長屋の面々も大きに安心だ」

ぜひ話を進めてもらいたいと、甚兵衛のほうが乗り気となった。

天保七年七月下旬、柳田格之進とおきぬが阿部川町の住人に加わった。

（二）

天保十（一八三九）年七月一日、五ツ半（午前九時）。

空は蒼（あお）く、そして高く晴れ上がっていた。

雑草の手入れも行き届いた小さな庭には、今朝も夏日が降り注いでいる。草からの照り返しが、色とりどりの朝顔を際立たせていた。

職を解かれて浪人となった柳田格之進は、月が七月へと移ったこの朝もまた、濡れ縁に座して庭を見ていた。

明け六ツ（午前六時）の鐘で起床したあと、いつもの通り洗顔し、口をすすいだ。

そしておきぬが朝餉の支度を調えるまでの四半刻（三十分）、庭で素振りを続けた。

雑草はわずか一日の内に逞しく茎と葉を伸ばした。

浪人の身となったいまでも、明け六ツの起床は同じである。素振りと庭の手入れは朝一番の、欠かせぬ格之進の仕事だった。

朝餉は米八分の白がゆに梅干し、金山寺味噌が決まりだ。小鉢に盛られた金山寺味噌は、うりと小ナスがたっぷり混じった、三筋町野茂屋の謹製だった。

存分に味わっても、一膳のかゆと梅干しに味噌の朝餉だ。六ツ半前には、すべてを食べ終わっていた。

失職前の格之進は朝食後、身なりを調えて蔵前の彦根藩米蔵役所に向かった。

浪人となったいまは、朝餉のあとにすることがなかった。

晴れの朝は濡れ縁に座した。そして庭に差す朝の光を一刻（二時間）も眺め続けた。

途中、五ツ（午前八時）を浅草寺が告げると、おきぬは焙じ茶とようかんを供した。

三筋町榮久堂の本練りようかんである。存命中の吉乃が、朝顔市の帰り道で買い求めた菓子だった。

住まいが近くになったいまでは十日に一度、おきぬが榮久堂まで出向いていた。

七月朔日の今朝も、昨日と同じである。

縞柄木綿の単姿で濡れ縁に座した。五尺七寸（約百七十三センチ）と長身の格之進は、両足が踏み石に届いていた。

茶菓が供される五ツには、まだ間があった。両目は庭に向いていたが、見ているわけではない。

あたまの内では毎朝、同じ思いが膨らんでいた。

浮かぶ姿は、免職を申し渡したときの用人の表情だった。

ご用人様がなんとか取りなし叶うようにと、種々、水を向けて下された。その胸中を察しつつも、格之進は言を変えなかった。

おのれの本分は、藩の御安泰に尽くす働きにあり。

常にこれを胸中に収め、遵守に励んでいるとの矜持が、格之進を支えてきた。

ところがご用人様じきじきのご詮議の場にあっても、格之進は言を曲げなかった。

藩あっての身。藩こそ命の生き方を実践してきたつもりが、最後の局面で逆目を引いた。

藩と、藩の重鎮たるご用人様を、窮地に落とす言辞を変えなかった。

格之進の屈託の根が深いのは、いまだおのれの言動に、恥ずべき瑕疵はないとの信念を抱いていたことだ。

藩を思い、用人の安寧を願うこころにも、いささかの曇りもなかった。

わしは示現流の遣い手だ。

いつまでも思い煩うでないと、自分を叱咤した。

＊

天保八（一八三七）年六月二十八日。日本人漂流民を乗せたアメリカ船モリソン号は、浦賀への入港を試みた。

マカオから運んできた漂流民を、帰国させようと考えての試みだった。

しかし鎖国政策を敷いていた徳川幕府は入港を認めず、砲撃まで加えて追い返した。

組屋敷から阿部川町に転居して、ほぼ一年。たまたまこの日が非番だった格之進は、前日におきぬが買い求めていた朝顔の庭植えを進めていた。

吉乃が、紀尾井坂で好んで育てていた淡紅色である。

すべての鉢から植え直したのは、同日の夕刻だった。

「急ぎ役所までご出仕ください」

役所下男が届けてきた伝言を受けて、格之進は蔵前の役所に出向いた。

「本日四ツ（午前十時）前に、モリソン号なる異国船が浦賀に入港を企てた」

役所頭取の与力は、至急報で入手したあらましを配下の者に伝えた。

「子細は不明であるが、異国船の我が国沿岸への接近はきつい御法度である」

御公儀お膝元の江戸に近い浦賀の一件が、御府内まで飛び火せぬよう、各自が気を張るようにと訓示した。

井伊家は溜間に詰める、将軍家の信任篤い家柄だ。モリソン号追い払いという沙汰の正しきことを周知徹底するようにと、与力は結んだ。

格之進も当然ながら与力の指示に従った。

が、ときが過ぎるなかで、子細が分かった。モリソン号は漂流民を送り届けるために、浦賀接近を図ったことが伝わってきた。

しかもモリソン号はどこにも寄港が許されず、漂流民を乗せたままマカオに引き返した。

「たとえ異国船だったとはいえ、救われた漁民には、なんら罪はない」

身柄を受け取るお慈悲は幕閣になかったのかと、格之進は娘相手に憤った。

組屋敷内ではなく阿部川町の借家で、おきぬしかいないのだ。格之進は気を許して本心を明かした。

「お言葉にはお気をつけください」

十五になっていたおきぬは、声を潜めて父の言辞を窘めた。

まさか娘から窘めを食らうなど、格之進は考えてもいなかった。

「吉乃であれば、いま少し違うことをわしに申したであろう」

硬い表情でこれを言い、娘とのその夜の会話を閉じた。


阿部川町に暮らし始めて三年が過ぎた、今年の五月中旬。モリソン号事件を題材として描かれた草子本『戊戌夢物語』の存在が、司直の手で明るみに出た。

その結果、夢物語の作者と断じられた高野長英や渡辺崋山などの蘭学者が捕縛され、投獄された。

いわゆる『蛮社の獄』である。

二年前のモリソン号事件でも、格之進は怒りを覚えていた。とはいえそのときは借家内で示した怒りで、しかも娘が相手だった。

おきぬは父親を窘めたものの、いかにも父らしい言だと敬いもしていた。

『蛮社の獄』の子細が明らかになるにつれて、格之進の憤りが増した。

のちに南町奉行として天保の改革で辣腕をふるうことになる、目付の鳥居耀蔵。格之進も江戸町人同様に、鳥居耀蔵を嫌っていた。

その鳥居が高野長英たちの捕縛を、主導していたのだ。

「御政道の根幹を深く傷める愚挙であろう」

当直当番の夜、格之進はこれを言い切った。

「待たれよ、柳田氏！」

発言を聞き咎めた同輩は、気色ばんだ。

「この場は貴殿と拙者のみだが、当家は御公儀に近い井伊家であるぞ」

御公儀批判など沙汰の限りだと、低く抑えた口調で格之進を窘めた。

反論こそしなかったが、同輩の戒めに得心していないのは表情からも明らかだった。

当番明けの翌日、同輩は仲間内で危惧の念を示した。

「柳田氏の言辞は、言語道断である。即刻、発言を撤回させねば藩が責めを負う」と。

同感とした者たちの口には、戸は立てられない。うわさは藩邸中に広まり、その日のうちに用人の耳に届いた。

憂慮を深くした用人は、直ちに格之進を藩邸に召し出した。

うわさの火元は藩邸詰の下級家臣である。用人面前にて、格之進の発言を聴取した。

「この発言はまことか」

用人は聴取録を格之進に示した。

「鳥居耀蔵様のなさられ方を、てまえが批判したのは事実です」

用人の前にあっても、まだ鳥居耀蔵への批判発言を繰り返した。

老中水野忠邦の威光を後ろ盾として、過酷な弾圧を続けている鳥居耀蔵である。

されど内心に抱く嫌悪は別として、正面から鳥居を批判する者は家中には皆無だった。

あれは口が勝手に言ったこと。本心ではありませんでしたと、格之進から謝罪の言質を取ろうと再三、用人は水を向けた。

格之進はその意を理解しつつも、おのれの言辞を撤回しようとはしなかった。

「もはやここまでだ」

格之進の両目を見据えて、用人は断じた。

「本日、この場を以て、井伊家は柳田格之進を、当家とは無縁と処する」

即日召し放ちの沙汰が下された。

「本年（天保十年）内に限り、阿部川町借家には、そのほうの居住を許す」

店賃を一年前払いしていることが、建前である。用人の本心には、年が改まれば復職の沙汰も下せるとの温情が含まれていたのだが……

格之進は額面通りに沙汰を受け止めた。

朝顔が育った庭で素振りを続けながら、心底、願うことは変わらなかった。

お家が安泰でありますように。

ご用人様が息災であられますように。

胸の内で念じつつ、今朝も裂帛（れっぱく）の気合を込めて木刀を振り下ろした。

＊

「馬道（うまみち）には碁会所もございます」

そこに出向き、碁敵を得て対局を楽しまれてはいかがでしょうかと、おきぬは格之進を促した。

「さようか」

久々に格之進の声には張りが戻っていた。

「わし程度の技量しかなくとも、町場の碁会所ならば相手が見つかるやもしれぬ」

威勢を込めて踏み石の上に立ち上がった。材木置場を通り過ぎてきた大川からの風が、単のたもとを揺らしていた。

（三）

「口開け早々に、お揃いでとはめずらしい」

馬道二丁目角の碁会所あるじ寄作が、入ってきた客を見て驚きの声をこぼした。

浅草寺が四ツを撞き終えたばかりで、店内には客の姿などなかった。

七月朔日で、暑い盛りである。この碁会所に集まる客は、陽が西に移って差し込まなくなる午後からが大半だった。

店内を見回した源兵衛は、やはりまだ居ないのか……という顔を、連れの番頭に向けた。

「ですからてまえは、そう申し上げました」

番頭の徳兵衛は、あるじの目を見て応え始めた。

「辻に建つ碁会所ですから、夏場の午前中はどうにも暑くてかないません」

鎧戸を開け放っても、内にこもった熱気を追い払うのはむずかしいんです……碁会所のあるじが渋い顔でいるのにも構わず、徳兵衛は話し続けた。

「一度お帰りになって、午後から出直しなさいませんか？」

ここに居ても蒸し暑いだけで、対局相手など昼過ぎまで来ませんからと、徳兵衛は声の調子を高くした。

「そうなのかね、寄作さん？」

源兵衛に質（ただ）されたあるじが、返答に詰まったという顔を拵（こしら）えたとき、

「ごめんくださいまし」

おきぬが碁会所の土間に入ってきた。

白地の浴衣に、紅色と薄紫の朝顔が描かれている。濃紺無地の帯が、朝顔の絵柄を引き立てていた。

「お店はもう開いておいででしょうか？」

着ているもの以上に涼やかな声だ。土間に涼風が流れ込んだようだった。

「もちろん開いていますとも」

寄作は番台から土間に降りると、おきぬの前に立った。

「うちは四ツから暮れ六ツ（午後六時）までの商いですから」

「ありがとう存じます」

寄作に会釈をしたあと、外に出た。そして格之進と一緒に土間に戻った。

店内に居た寄作、源兵衛、徳兵衛の目が、格之進に向けられた。

藍色の縞柄ひとえの着流しである。上物ではないが上背のある格之進が着ると、細い縞柄の美しさが際立って見えた。

おきぬの後ろに立った格之進は、碁会所あるじとのやり取りを娘に任せていた。

「父は碁会所が初めてなのです」

おきぬの澄んだ瞳が寄作を見詰めていた。

「お手数とは存じますが、こちらを使わせていただく折の作法を、お聞かせいただけましょうか?」

「もちろんですとも」

寄作の声がひと調子、甲高くなっていた。

「てまえどもは対局と時との合算で、料金を頂戴しております」

半刻(一時間)につき、ひとり十六文。対局一局につき十二文。

「半刻で一局を終えられましたら、おひとり二十八文を頂戴いたします」

料金には碁盤と碁石の使用代、四半刻ごとに供する茶代も含まれていた。

「店屋物を取りますときは、品代に四文の口銭を乗せさせていただきます」

菓子の持ち込みは自由。飲酒は厳禁だと付け加えた。

ご窮屈とは存じますが、酒肴の提供はご容赦ください……これだけのことを、寄作はすらすらと、一気におきぬに告げた。

「委細、承知いたした」

聞き終えた格之進が、低い声で応えた。

「碁会所の料金は、半刻ごとにお支払いするのでしょうか？」

「滅相もございません」

おきぬの問いに、寄作は右手を大きく振って違うと答えた。

「対局すべてを終えられて、お帰りになるときのご精算で結構です」

お支払いは銭に限らず、銀貨でも一朱金・一分金などの金貨でも結構です……武家相手の説明ゆえ、寄作は両替もうけたまわりますと言い足していた。

ひと通りの説明を聞き終えた格之進は、店内を見回した。二十畳の広間には、碁盤が五台置かれていた。

一組四畳の、ゆったりとした場である。碁盤も座布団もきちんと並べられていたが、先客は一組もいなかった。

「客の姿がないときは、そなたが相手をされるのか？」

格之進から問われた寄作は、息の詰まったような顔で違いますと答えた。

「てまえも碁は大好きですが、お客様のお相手をするなどはございませんです」

「ならばご主人、だれかが来店するまでは、ここで相手を待つということであるのか」

「それは……」

口ごもった寄作は、脇に立っていた源兵衛に目を向けた。源兵衛は夏場だというのに、絽の羽織に袖を通していた。

「てまえは馬道一丁目の質屋、万屋源兵衛と申します」

源兵衛は一緒にいた番頭の名も明かした。

「てまえは素人のへぼ碁好きでございます」

源兵衛は格之進の前に進み出た。

「へぼをご承知いただきましたうえ、ぜひともてまえと一局、お願いいたしたく存じます」

源兵衛は正味で、目の前にいる格之進との対局を望んでいた。

質屋は「ひとの目利きをする」稼業である。案内してきた娘の物言いと所作を見ただけで、格之進がいかなるしつけを娘に為しているかが察せられた。

身なりは着流しで、丸腰である。あたまは月代が見えず、総髪を目指しているようだ。

江戸在府の諸藩家臣ではなく、ことによると浪人かもしれないと源兵衛は感じていた。

しかし振舞いからは、食い詰めた浪人特有の飢えた様子はかけらも見えなかった。

娘の浴衣も、すでに仕立ててから歳月が過ぎているのは見てとれた。何度か丈を伸ばしたらしく、生地は目一杯に伸ばされていた。

しかし絵柄から伝わってくる涼やかさは、当節の娘が着ている染め物とは違っていた。

明らかに年代ものの手描きである。

母の浴衣を仕立て直して、娘が大事にしているのだと察せられた。

父を案内して碁会所に出向く娘。

情愛の深さを感じ取った源兵衛は、ぜひにも対局したいと願っていた。

源兵衛の思いを感じ取ったのだろう。

「わしは柳田格之進、彦根藩井伊家にお仕えいたしておったが、いまは職を解かれておる」

格之進は源兵衛を見下ろす形で応えた。

「浪人相手でそなたが気詰まりでなければ、わしのほうこそ一局の相手を願いたい」

「ありがとう存じます」

源兵衛が深く辞儀を返したことで、格之進と源兵衛の初手合わせが決まった。

*

七月朔日は初顔合わせながら、互いの気心が深く通じ合ったのだろう。

「もう一局をぜひ」

「望むところです」

日没手前まで、五局を重ねていた。

「柳田様に差し支えがなければ、明日もぜひ、四ツからいかがでございましょうか？」

「わしは浪人ゆえ、時は自在に遣えます」

格之進の物言いには、年長者への敬いが含まれていた。

「それでは明日も、またぜひに」

この調子を三日続けたあと、格之進は帰り際に源兵衛に小声で告げた。

「浪人の身には、一日百文を超える遊びを続けるのは難儀です」

対局したいのはやまやまだが、この頻度で対局を続けるのは無理ですと、正直に懐具合を明かした。

「まことにてまえが、うかつなことを」

心底詫(わ)びたあと、源兵衛はひとつの思案を口にした。

「てまえども質屋は、頑丈な蔵を持つことが身上です。つい先月、蔵を新築した折に離れも普請いたしました」

大事な客を招くための離れだが、使うのはせいぜい月に二、三度である。

「離れを使う限り、碁会所に払う費(つい)えは無用です。茶菓も女中が用意いたします」

明日からはぜひ、万屋の離れで対局させていただきたいと願い出た。

「ありがたい申し出ですが、源兵衛殿の商いに障りはありませんか?」

「一切、ございません」

源兵衛は強く言い切った。

「店の差配はすべて、番頭の徳兵衛に任せてあります」

あの男には金庫を預けても安心ですと、源兵衛は年若い番頭を信頼しきっていた。

「離れなら風も通り抜けます」

涼しいなかで熱い対局を続けましょうと、源兵衛は言葉を重ねて誘った。

「それでは、明日から」

辞儀をしての別れ際、にわかに重たくなっていた空が大粒の雨を落とし始めていた。

（四）

天保十年八月朔日正午。万屋の奉公人十五人全員が、広間に顔を揃えていた。

万屋初代が創業した年の八月朔日に始めた、吉例の催しである。起こりは町内のうなぎ屋への、急ぎの資金融通だ。

かつて三人組の盗人の襲撃を受けたうなぎ屋は、蓄えを含めて有り金すべてを奪われてしまった。同じ馬道町内のうなぎ屋は、万屋より十八年も早くから商いを続けていた。

秘伝のたれで焼き上げた蒲焼き（かばやき）の美味（うま）さは、遠く日本橋界隈（かいわい）にまで知られていた。

盗賊は店の繁盛ぶりに目をつけて押し入ったのだ。

幸いにもあるじの家族も職人も、手荒なことはされずに済んだ。あるじがカネと引き替えに、職人と家族の命を守ったからだ。

当座の仕入れ資金まで失ったあるじは、開業したばかりの万屋に融通を頼みに来た。

「家質（店の抵当権）を質草で、二十両を用立ててくだせえ」

　融通を頼みにきたあるじに、初代はひとつだけ条件をつけた。

「毎日の売り上げと、月次の蓄え（儲け）の両方を、町内の両替商に預けること」

　これが融通の条件だった。

　商家の売り上げ、蓄えを預かる両替商は、一年につき三分から九分の預かり賃を受け取った。カネを預ける者が払う仕組みだ。

　預かり賃を受け取る代わりに、両替商はいつなんどきでも、直ちに預かり金を払い出すことを約束した。

　約束遵守のために堅牢な金蔵も敷地内に構えたし、屈強な警備の者も常雇いしていた。

　さらには他の両替商にも、分散してカネを預けていた。

　商家が水害・火事・地震・盗賊などから、大事な財産を守る確かな手立てだった。

　うなぎ屋はこれを怠っていたがため、盗人の餌食とされたのだ。

「両替商とはわたしが中立ちをして、預かり賃の率にも口利きをしましょう」

　うなぎ屋の繁盛ぶりと、職人・家族を守るためにカネを差し出した人柄を買い、初代は中立ちを買って出た。

以来、うなぎ屋はいまも同じ場所で商いを続けている。代々の万屋当主は、初代が融通を実行した八月朔日に、うなぎ屋からうな重を出前させて奉公人に振る舞ってきた。

天保十年のこの昼餉(ひるげ)に、源兵衛は柳田格之進の同席を求めた。

「奉公人たちにも柳田様をお披露目できます、格好の折でございます」

源兵衛に強く求められた格之進は身なりを調え、両刀を佩(は)いて広間に臨んだ。座すときには、二刀を刀架けに架けた。

源兵衛からひとことお願いいたしますと乞われると、了としてその場に立った。

五尺七寸の偉丈夫が、武家の正装で立ち上がった。袴(はかま)にはおきぬが念入りにあてた、鏝(こて)の折り目がピシッとついていた。

「彦根藩家臣であったが、ゆえあって職を解かれたいまは浪人である」

胸を張って浪人であると明かした格之進の物言いに、奉公人たちは感銘を受けた様子だった。

浅草周辺の長屋には、多くの浪人が暮らしていた。万屋の土間に入ってくる浪人たちは、ひとりの例外もなしに、値打ちもない質草以上の融通を強要した。

あるじの碁敵となった格之進に、奉公人の大半は会ってもいないのに、勝手に悪感情を膨らませていた。

卑しさのかけらも見せない格之進の立ち姿を見て、広間に詰めた大半の者が考えを改めていた。

しかし番頭の徳兵衛だけは、違う思いで格之進を見ていた。

旦那さまは、あまりに柳田様との間合いを詰めすぎておいでだ、と。

うなぎの昼食に招くなど、明らかに源兵衛の間合いを詰め過ぎぬよう心がけてきた。

家業柄、源兵衛はだれにもよらず相手との間合いを詰め過ぎぬよう心がけてきた。

ときに大金も行き交う家業である。振舞いの堂々とした武家とはいえ、ご浪人との間合いの詰め過ぎを、番頭は危惧した。

年若いのを承知で、あるじは番頭に取り立ててくれた。そのご恩を思うにつけ、危ぶむ思いは深まっていた。

＊

「浪人の身ゆえ、ひまはたっぷりある」

格之進はいかめしい顔を崩さずに言ったが、広間には親しみを込めた笑いが広がった。

「源兵衛殿には一日おきに対局をお願いいたしておるが、武士の本分は殿に仕えることだ。そのための剣術稽古は日々、続けておる」

変わらぬ落ち着いた物言いだったが、広間の気配は一気に張り詰めた。

「そなたたちにも日々の勤めに励んでいただき、万屋の身代をより大きく育てていただきたい」

格之進は肩から力を抜き、座を見回した。

「さすれば来年もまた、この美味きうなぎを賞味できるのは間違いない」

格之進が口を閉じるなり、広間には気持ちのこもった喝采が広まった。

武家に喝采するなど、礼を失する振舞いだ。しかしこのときはだれもが心底、敬いを込めて格之進の言辞を受け止めて、作法も忘れて、喝采で応じていた。

徳兵衛はまるで逆らうかのように、右手を突き上げた。

「なにか、お訊ねでもあるのか?」

「ございますです」

丹田に力を込めた徳兵衛は、思い詰めたような表情で問いかけた。

「この場にて、ぜひにも柳田様の技のほどを見せていただきたく存じます」

徳兵衛の言い分に対しては、格之進が答える前に源兵衛が強い目を向けた。

「柳田様に対する非礼のきわみだ」

立ち上がった源兵衛は、格之進の前に出て上体を伏せた。

「奉公人に成り代わりまして、口が過ぎましたことを深くお詫び申し上げます」

伏して詫びる源兵衛に、上体を起こすようにと格之進は告げた。そして徳兵衛に目を移した。

「わしが稽古を怠らぬ剣は、薩摩藩秘伝の示現流である」

両手を脇に垂らしたまま、格之進は話を続けた。奉公人全員の目が、格之進の立ち姿に釘付け(くぎづ)になっていた。

「示現流の本来は、初太刀(しょだち)にある」

初太刀で敵を斬り斃(たお)すことがすべてだ。二太刀目はないとの覚悟で稽古に臨んでいる。

「わしがいまここで太刀を抜くことなきがこそ、万屋殿の安泰であろう」

もしも太刀を抜いた折には、初太刀でかならず決着をつける……静かな物言いを続けていたが、広間のだれもが背筋を張って聞き入っていた。

「ありがたく、うけたまわりました」

徳兵衛はこうべを垂れて礼を言った。しかしその口調に、気持ちはこもっていなかった。

＊

奇数日が二人の対局日である。八月十五日の十五夜の日も、四ツ過ぎから対局が始まった。

昼餉が用意される正午まで、まずは一局を対戦するのが決まりになっていた。

この朝の格之進はしかし、いつもとは大きく違っていた。

離れに向かうため、いつも通り裏木戸を二度こぶしで叩き、下男に招き入れられた。が、刻限がいつもよりも早かった。

前回までの格之進は、まるで待っていたかのように、浅草寺が四ツを告げる最初の捨て鐘とともに裏木戸を叩いた。

江戸市中に多数ある鐘撞き堂は、最初に三打の捨て鐘を撞くのが決まりだ。その三打が充分に行き渡ったあとで、時の数だけ本鐘を撞いて時刻を報せた。

格之進は本鐘ではなく、捨て鐘の第一打と同時に裏木戸を叩くのが常だった。しかし十五夜の朝は、四ツにはまだたっぷり間があるうちに、裏木戸を叩いた。

下男も、離れ付きの女中も、慌て顔で格之進を迎え入れた。

源兵衛も慌てて身繕いを調えて、離れに顔を出した。

「今朝はまた、いつになくお早いことで……」

朝のあいさつを始めた源兵衛を抑えて、格之進は対局を求めた。

「前回の投了となった一手には、返す返すも悔いが残っておりまして」

いまは浪人だが格之進は武家だ。が、年長者の源兵衛には、ていねいな物言いをした。

「あれこれ思い返しつつの歩みゆえ、つい早足となったようです」

阿部川町からの道のりを、いつもの倍の早足で歩いてきたのだ。四ツより四半刻も早く到着したのも道理だった。

源兵衛はこの言い分にも、大いに感心したようだ。

「負けの口惜しさをそのままにはなさらなかったとは、さすがは柳田様です」

正味で感心したという源兵衛は、直ちに対局を始めた。

胸中に期するものがあったのだろう。午前中の一局は格之進が押しまくった。

しかし源兵衛とて、江戸でも三本指に入る質屋の当主である。前回の勝利で、この対局は源兵衛が白石だった。

あたかも示現流の剣をふるうかのような格之進の攻めに、源兵衛は万屋を守るかの気概で応戦した。

正午の鐘が聞こえても勝負は続いた。が、源兵衛の力が尽きて、投了となった。

待ちかねていた女中は、ふたりの昼餉を調え始めた。

徳兵衛もこの投了を待っていた。女中と一緒に座敷に入ってきた徳兵衛は、あるじの耳元に近寄った。

そのさまを見た格之進は、腰を上げた。

「昼餉の前に、かわやを使わせてもらいます」

あるじと番頭に、内密の話がありそうだと察したのだ。時を与えるために、わざわざ母屋のかわやまで出向いた。

頃合いを見計らって戻ると、源兵衛ひとりが膳を前にしていた。

「てまえどもにお気遣いをいただき、ありがとう存じます」

礼を言ってから、源兵衛もかわやに立った。が、すぐに座に戻れるように、離れの構えで用足しを済ませた。

女中が支度した昼餉は、熱々のきつねうどんと、餡(あん)に包(くる)まれた団子だった。

「今宵は十五夜でございますので、食後の甘味には団子を調えたようです」

　女中の気配りを源兵衛は了としていた。

　団子と聞かされたとき、格之進の表情が大きく動いた。

「なんともうかつなことを！」

　格之進は右手で膝を強く叩いて、おのれを戒めた。

「いかがなされましたので？」

「出がけに娘から頼まれたことを、うかつにも失念いたしておりました」

　格之進は両手を膝に置いて源兵衛を見た。

「三筋町の榮久堂に、今宵の月見団子を注文するようにと頼まれておりました」

　これまで亡妻を偲び、娘と一緒の月見を行っていた。その団子の注文を、あろうことか忘れて馬道に向かってしまった。

　それほどに、前回の敗戦を口惜しがっていたのだ。

「それではてまえどもの小僧を差し向けて、榮久堂さんに注文いたしましょう」

「それはお断りします」

　格之進はきっぱりとした口調で、申し出を拒んだ。

「阿部川町に転居したあとは、わたしが出向くことで吉乃を偲んできました」

ひとに任せられることではないと告げて、格之進は辞去する旨を口にした。

亡妻を偲ぶ団子を注文するのを忘れてまで、前回の負けを口惜しがっていたのだ。

そんなおのれに、深い悔いがあった。

「てまえこそ、うかつなことを申しました」

小僧を差し向けると口にした軽率を、源兵衛は深く詫びた。

「わたしこそ、勝手を言います」

供された昼餉は残さず平らげてから、格之進は離れから出て行った。

（五）

八月十五日は日没後も晴天に恵まれた。五ツ（午後八時）を過ぎると、まさに盆のような満月が夜空に昇った。

多くの家が明かりをすべて落とし、夜空の見える部屋の障子戸を開け放っていた。

月の光を愛でるためである。

ところが万屋は五ツが近いというのに何本もの百目ロウソクを灯し、奉公人総出で離れの家捜しを続けていた。

騒動の始まりは、店に鎧戸を下ろした六ツ半（午後七時）どきだった。

質屋という稼業柄、万屋は朝の五ツから夜の五ツまで店を開いていた。急な物入りに追われた客が、ときを問わずに駆け込んでくることがあったからだ。

しかし八月十五夜に限り、半刻早く店を閉めた。

奉公人たちと一緒に、月見を楽しむためだ。いつもは甘味のない夕餉の膳だが、この日は格之進に昼間振る舞ったのと同じ、餡に包まれた月見団子が各自の膳に供された。

月見の膳が始まるのが五ツからだ。広間の片付け、掃除を済ませて五ツから宴を始めるために、六ツ半に店を閉じた。

ところがこの年の八月十五夜は、月見どころではなくなっていた。

鎧戸を下ろしたあとで、一日の出納帳の動きと手元現金の突き合わせを始めた。

「五十両が足りません」

手代頭(てだいがしら)慎吉(しんきち)は番頭に目を向けた。

「どういうことだ、足りないとは」

慎吉の目の光り方が癇(かん)に障った徳兵衛は、語調を変えた。

「昼前にてまえが集金して参りました、山形(やまがた)様の五十両がそっくり足りません」

てまえは番頭さんに掛けを渡しましたと、静かな声で続けた。

「あれは確かにあたしが受け取ったが、直ちに離れの旦那様にお届けした」

おまえも知っているだろうがと、さらに詰め寄った。

「番頭さんが離れに持って出られたところまでは、見ておりますが」

慎吉は背筋を伸ばしてあとを続けた。

「そのあと、どうなったかは存じません」

慎吉の言い分は、もっともだったが、

「なんだ、その言い草は！」

徳兵衛が腰を浮かして大声を出したところに、源兵衛がやってきた。

「どうしたというんだ、月見の夜に声を荒らげたりして」

手代のひとりが敏捷に動き、徳兵衛の脇にあるじの座布団を用意した。源兵衛は身体の向きを斜めにして番頭を見た。

「本日の正午過ぎに、旦那様の一局が仕舞いとなるなり、てまえは旦那様のすぐ脇に座らせていただきました」

「山形様の掛けをわたしに見せに来た、あのことか？」

「さようでございます」

どうだという顔で慎吉をひと睨(にら)みしてから、徳兵衛はあるじに目を戻した。

「掛けのお代、五十両が帳場に戻っておりませんのですが、旦那様がお持ちでしょうか」

「いや……そう言われたら……」

見せられた五十両は、そのまま昼餉の膳の下に置いていた気がする……源兵衛はあやふやな記憶の糸を辿(たど)り始めた。

「わざわざ座を外してくださった柳田様がお戻りになられたことで、今度はわたしが用足しに立った」

源兵衛は思案顔になり、眉間に刻まれたしわを深くした。

「柳田様がお戻りになる前に、わたしはどこかに仕舞ったような気もするが……」

源兵衛がまだ思案顔を続けているのにも構わず、徳兵衛は奉公人に指図を始めた。

「直ちに離れの家捜しを始めなさい」

五十両の包みを置ける場所は、さほど多くはないぞと、声を大きくした。

「箱膳や食器を仕舞う納戸、座布団を仕舞う押し入れなど、包みが隠れていそうな場所をしらみ潰しに徹底して探しなさい」

明かりの費えは心配せず、百目ロウソクと龕灯(がんどう)を使うようにとも言いつけた。

番頭の指図に、源兵衛は一切口を挟まなかった。奉公人たちは夕餉も摂らぬまま、半刻をかけて離れを探した。

が、五十両は見つからなかった。

一同はひとまず母屋に戻った。

月見のために、庭に面した広間の障子戸はすべて開かれていた。部屋の明かりは落とされており、あるじの脇に置かれた遠州行灯一張りだけだ。

ほとんど闇に溶け込んだ広間で、番頭があるじを見て声を張った。

「柳田様に、五十両をご存じないかをお訊ねしましょう」

「なにが言いたいのだ、徳兵衛」

源兵衛が問い質した口調には、抑えた怒りが満ちていた。広間にいる奉公人たちが、息を詰めて徳兵衛を見た。

「旦那様が離れのかわやに立たれたとき、膳の下に五十両が置かれたままの部屋にいらしたのは、柳田様だけです」

目を見詰めて話を進める番頭に、源兵衛は右手を突き出した。

「膳の下に置いたままであったかどうかは、確かではない。どこかに移した気もしているが、思い出せずにいるのだ」

番頭の言い分を、源兵衛は途中で遮った。が、徳兵衛も一歩も退かなかった。

「旦那様のお言葉に従いまして、離れは隅から隅まで調べ尽くしました」

慎吉が集金してきた五十両は、二十五両が包まれた切り餅がふたつだった。

「てまえは切り餅包みのまま、離れの旦那様にお手渡し申し上げました」

「わたしもおまえから受け取ったと言っている」

源兵衛の抑えた声が広間に行き渡った。

「おまえは離れに入ってくるなり、わたしの耳元に近寄ってきた。そうだったな？」

「さようでございます」

徳兵衛はあるじの指摘にうなずいた。

「柳田様はその様子をご覧になるなり、座を立たれて用足しに向かわれた」

しかも離れではなく、母屋のかわやに。

「柳田様は掛けのやり取りなど、まったくご存じではなかった。おまえが切り餅ふたつを差し出したときには、すでに離れから出ておいでだった」

「その通りでございます」

このことにも徳兵衛は得心していた。

「掛けを受け取るなり、わたしは膳の下に置いたし、あのときのおまえは、すぐさま離れから出て行った」

「母屋に戻る途中で、てまえは柳田様と行き会いました」

格之進が母屋のかわやに立ったのは、源兵衛と徳兵衛ふたりに対する配慮だったと、番頭も認めた。

「わたしは柳田様が戻っておいでになるまで、接戦を落とした口惜しさを思い返していた」

あのとき切り餅をどこかに仕舞ったかどうかは、まるで覚えていないと明かした。

「柳田様がお戻りになるなり、わたしはかわやに立ったが、そのときですら、負けた一局を思い返して唇を嚙んでいた」

碁の対局では互いの腕が拮抗していればこそ、楽しさも口惜しさも味わえると、源兵衛は声の調子を大きくした。

「五十両という大金をおろそかにしたわけではないが、あのときのわたしは何度もいうが、接戦を落とした口惜しさに取り憑かれていた」

大金を残したまま部屋を出たのは、格之進に全幅の信頼を置いていたからだ。

「柳田様に限っては、疑いの思いを抱くことすらも、失礼のきわみだ」

言い切った源兵衛は、奉公人たちを近くに呼び集めた。

「掛けは断じて、離れの外には出ていないが、この一件の責めはすべてわたしにある」

いつか、かならず五十両をどこに移したかを思い出すのは間違いない……暗がりの広間に座した面々を、源兵衛は見回した。

「その日が来るまで、この一件は塩漬けにしておく」

源兵衛は息継ぎもせずに申し渡した。

「おまえたち全員、柳田様にはこのことで問いかけたり、近寄ったりしてはならんぞ」

いつにない声で、源兵衛は厳命した。せっかくの月見の宴が凍りついていた。

源兵衛は顔をゆるめて、あとを続けた。

「今宵はせっかくの十五夜だ」

身体の向きを変えて、広間の外に降っている蒼い月光を指差した。

「大きく遅れたが、いまから手分けして月見の支度に取りかかりなさい」

「かしこまりました」

短い返事とともに、奉公人たちは一斉に立ち上がった。万屋吉例の、十五夜月見の支度が始まった。

だれもがいそいそと立ち働いているなかで、徳兵衛はひとり庭に出て、得心のいかない顔で夜空の月を見上げていた。

源兵衛の言いつけに従う気などないという顔が、月を見上げていた。

（六）

昨夜の月見で、天は晴天の蓄えを使い果たしたらしい。八月十六日は、八日ぶりの雨で明けた。

いつも通り、明け六ツの鐘で起床した格之進は、朝餉前の素振りを始めた。

夏場の朝の雨である。下帯一本の姿で庭に出た格之進は、木刀を大上段に構えた。そして一刀ずつ気合を込めて振り下ろし、しとしとと降る雨の幕を切り裂いていた。

およそ四半刻続けたとき、格之進は不意に木刀を下ろした。

庭の気配が変わったことを感じ取ったおきぬは、大きな手拭いを手にして流し場の戸口に立った。

娘に近寄り、手拭いを受け取った格之進は、濡れ縁に座った。

「客人が訪ねてくる気がする」

茶の支度を言いつけられたおきぬは、子細も問わずに従った。余人にはない鋭い勘働きが、父にはある……それを実感する場に、おきぬは生前の吉乃とともに、何度も居合わせてきたからだ。

濡れ縁から庭に出た格之進は、雨を身体に浴びて汗を流し落とした。

平時にあって戦時を忘れず。

雨で身体を洗うのも格之進の流儀だった。朝餉は六ツ半からだ。が、その手前で、格之進が感じた通りに来客があった。

羽織ではなく、背に屋号が染め抜かれた半纏を羽織った徳兵衛だった。

武家を訪れるには略式の身なりだが、屋号を背負っているとの自負があった。

あいさつもそこそこに、供された茶に口もつけずに用向きを切り出した。

「昨日の昼間、離れから五十両の掛け集金が失せました」

徳兵衛が息継ぎで口を閉じても、格之進は静かな目で相手を見詰めていた。

「離れをくまなく探しましたが、どこにも見当たりませんでした」

徳兵衛は目一杯に背筋を張った。

「離れ付き女中が申しますには、昨日の柳田様は不意に対局を仕舞いにされて、急ぎ足でお帰りになったそうですね？」

「いかにも」

静かな口調で格之進は応じた。

徳兵衛は尻をずらして間合いを詰めた。

「もしや柳田様が五十両の行方をご存じなら、てまえがなんとか内密にことを収めます」

「知らぬと申されるなら、あとは馬道の自身番に詰める目明かしに委ねることになりますと、徳兵衛はさらに上体を前に乗り出した。

「いかがでしょう、柳田様」

ここで初めて徳兵衛は茶に口をつけた。

格之進は背筋を伸ばした姿勢を保ちながら、膝に両手を置いて黙考を始めた。

流し場にいたおきぬにも、徳兵衛の声は届いていた。無礼千万と怒りを滾らせたが、父が黙しているのだ。

おきぬは唇を綴じ合わせて座していた。

湯呑みの茶を徳兵衛が呑み干したとき、格之進は閉じていた目蓋を開いた。

「金子を扱う商人の宿に、わずかな間とは申せ、わしがひとりで居たのは我が過ちである」

　格之進の口調は、おのれを責めていた。

「李下に冠を正さずという。あらぬ疑いをかけられたとて、仕方あるまい」

　格之進は徳兵衛を見据えた。

「業腹千万ではあるが、失せた金子の責めを負うのはわしだ」

　物言いは静かなままだが、口惜しき思いが徳兵衛に向けた両目の光に出ていた。

「明日の朝五ツに、いま一度出直しなさい。金子は用意しておく」

「それで結構です」

　気持ちのこもらない声で答えるなり、徳兵衛は跳ねも上がれと駆け出した。

「父上に、なんと無礼なことを」

　滅多なことでは他人をわるく言わないおきぬが、尖った物言いをこぼした。

　娘を見る格之進の眼が光を帯びた。

「あの男は番頭としての務めを果たしに出向いてきたまでだ」

　格之進は徳兵衛の振舞いを咎めなかった。

「役目柄で負う責めには、武家も町人も差異はない」

　静かな口調で娘を諭した。

　父の言辞を受け止めたおきぬは、先の成り行きを思い、表情を硬くしていた。

「金子のご工面は、いかがなさるおつもりでしょうか」

「藩邸に出向き、用人殿と談判いたす」

首尾良く運ばなかったときは、両刀を道具屋に売り払うと、心づもりを明かした。

「わたくしが工面いたします」

おきぬの物言いが格之進には、吉乃が乗り移ったかに聞こえた。

「吉原(よしわら)の里では、武家の娘には遊郭が大金を払って取り込むと、碁会所で聞いたことがあります」

これから碁会所に出向き、出入りする女衒(ぜげん)の口利きで吉原に身を沈めます……

家臣は主家のためなれば命を惜しまず。

おきぬはまさに、父と同じ狭き道を歩もうとしている。

言葉を交わさずとも、格之進は娘の覚悟のほどを思い知った。

「ご仕官がかないましたとき、太刀がなくてはお役目が果たせません」

二度と道具屋になどとは言わないと、約束を求めた。格之進は背筋を伸ばして、確かな口調で娘に約束した。

「大見世(おおみせ)と呼ばれる遊郭では、座敷に出すまでに一年をかけて芸事を仕込むと、藩邸の同輩から聞かされたことがある」

おきぬを見詰めて言葉を続けた。

「店に出される前に、無傷のままのおまえをかならず身請けしに向かう」

格之進は命を賭した言葉で娘に約束した。

＊

おきぬは女衒に五十五両の支払いを約束させた。

「あっぱれな気構えで、大見世の女将と談判されやしてね。女衒のあっしが、口を挟む隙間もありやせんでした」

芸事の仕込みは来年の七月末まで。その日までに身請けがかなえば、今回の支度金五十五両に二割五分を上乗せした額で承知する。

「おきぬさんから預かりやした五十五両でやす。おあらためくだせえ」

女衒が差し出したのは二十五両の切り餅がふたつ。あとは小判で二両、一分金・一朱金・ひと粒一匁の小粒銀、そして銭で百文緡十本（一貫文）などで、都合五両だ。

徳兵衛に渡す五十両以外のカネは、格之進の当座の暮らしに入り用な資金だった。

「これほどまでに行き届いた娘さんには、あっしも出逢ったことがありやせん」

おきぬを褒めちぎる女衒の話を、格之進は目を閉じて聞いていた。目蓋の内では、おきぬと吉乃が重なり合っていた。

＊

八月十七日も雨だった。徳兵衛は刻限を違えずに出向いてきた。

「茶は出せぬが、金子は調えてある」

切り餅ふたつを受け取った徳兵衛は、包みに押された封印を見て中身を得心した。

「大事なことを確かめておく」

格之進の目が徳兵衛の両目を見据えた。

「五十両が離れより出てきたときには、万屋はなんとして詫びるのか」

静かな声だが、徳兵衛の心ノ臓を射貫く強さがあった。きつい震えを追い払い、徳兵衛は平静さを装った。

「そんなことはないと思いますが」

軽くいなすような物言いで応じた。

「万にひとつ、五十両が出てきましたときは、てまえのこの首を差し出しましょう」

格之進から放たれる気迫に気圧された徳兵衛は、つい口数が多くなった。

「てまえのあるじも横並びになります」

言わずもがなを口走ってしまった。

「いまの言辞、しかと受け止めたぞ」

格之進の両目が強い光を宿した。

いきなり強くなった雨脚が、濡れ縁の杉板に叩きつけ始めていた。

（七）

五十両が出てきましたと徳兵衛から報された源兵衛は、子細を質した。

「やはり柳田様がお持ちでした」

徳兵衛の忠義面が輝きを増していた。

「これを柳田様から受け取ってまいりました」

二十五両包みの切り餅ふたつを、源兵衛の膝元に差し出した。

飼い主が投げた棒きれをくわえて駆け戻ってきた、忠犬を思わせるさまである。

番頭は尻尾を振りながら、あたまを撫でられるのを待つポチの如しだった。

　ところが。

「この、うつけ者が！」

　一度も耳にしたことのなかった大音声（だいおんじょう）を発して、番頭を叱りつけた。源兵衛のこめかみに浮いた血筋が、怒りの強さを表していた。

「あれほど柳田様には構うなと、きつく言い渡したことを、おまえは破ったのか」

　源兵衛はおのれの怒りを御せなくなっていた。そんなあるじを見た徳兵衛は、逆に平静さを増していた。

「そうは申されますが旦那様、柳田様はわずか一日で五十両を調えられました。手元にあったのでなければ、とてもできない芸当です」

　徳兵衛は静かな物言いで言い返した。

「たとえそうだったとしてもだ」

　番頭の様子を目の当たりにして、源兵衛も幾らか怒りが静まっていた。

「あれほどのお方のことだ、離れから持ち出されるには、よくせきの事情がおありだったに違いない」

　言いながらも源兵衛は、格之進が持ち出したとは思っていないのが明らかだった。

　再びきつい目で徳兵衛を見据えた。

「もしもうちから五十両が出てきたときには、おまえはいかにして、柳田様にお詫びを申し上げるつもりだ」

源兵衛は咎人を責めるかの口調で質した。

「出てくるはずなどありませんので、てまえの首を差し出しますと申し上げました」

「差し出しなさい、差し出しなさい」

源兵衛が冷たく言い放つと、番頭は身体を前に出してあるじを見た。

「旦那様の首も一緒にと、その場の勢いで言ってしまいました」

「まったく、おまえというやつは……」

急ぎ立ち上がった源兵衛は、手遅れにならぬうちに詫びに向かうことを口にした。

「おまえが先導しなさい」

徳兵衛に案内させて、雨のなかを阿部川町へと向かった。

今朝方の五ツに訪ねたばかりだったのに、四ツ半（午前十一時）には、すっかり空き家となっていた。

「あんたが火元か」

寄ってきた家主は、源兵衛にきつい声を投げつけた。

「あれほどのお武家さまに急な転宅を強いるとは、いったいどういう了見だい」

二度とうちの町内には近寄るなと、言葉のつぶてで源兵衛と徳兵衛を長屋の木戸から追い出した。

晩夏の雨に傘を叩かれながら、源兵衛は重たい足取りで馬道へと戻って行った。

＊

同年暮れの大掃除で、万屋にはまた大騒動が持ち上がった。離れの鴨居上に架けてあった額縁の裏側から、五十両が出てきたからだ。

「そうか！」

源兵衛らしからぬ、甲高い声を発した。

「あの折、五十両の適当な仕舞い場所を思いつけず、額の裏側に押し込んだ」

半年ぶりに、あの日の記憶が源兵衛によみがえったようだ。

「押し込んで座に座るなり、柳田様がお戻りになった。お顔を見た刹那、わたしの胸中には直前の負けた口惜しさが一気に噴き上がってきた」

その思いを悟られぬために、かわやへと足を急がせた。

「五十両のことは、きれいさっぱり忘れてしまっていた」

負けた口惜しさを封じ込めんとしたがため、五十両のことまで記憶が失せていたのだと、源兵衛はおのれを振り返った。

「すぐさま手分けして、柳田様を探しなさい」

出入りのかしら佐ノ吉にも頼み、格之進探しが始まった。が、なんら得るものがないまま、年を越した。

明けて天保十一（一八四〇）年一月二日。徳兵衛はかしらと共に、湯島天神近くの武家屋敷まで年賀に出向いた。

屋敷に据え付けた門松の様子を確かめるために、かしらも同行していたのだ。年賀を終えた徳兵衛たちは、湯島の切り通し上で足を止めた。

元日夜からの雪で、一面の銀世界である。足元を気遣いつつ上ってきた坂道を振り返ると、坂下に一挺の四つ手駕籠が着けられた。

垂れが開き、長身の武家が降り立った。酒手を払ったあと、武家は坂道を登り始めた。

「大したお武家さまだ」

徳兵衛が感心のつぶやきを漏らした。

「なにがどう、てえしたお武家さんなんで？」

意味が分からぬかしらが問いかけた。

「雪の坂道を登るのが難儀だろうと判じて、坂下で駕籠から降りられたのだ」

徳兵衛の言い分を証すかのように、武家は坂道を登ってきていた。

近づくにつれて、武家の身なりのよさが明らかになった。袴は錦織である。雪道が弾き返した陽の照り返しが、錦の美を際立たせた。

腰に佩いた二刀は、鞘の長さが太刀の素性のほどを表していた。

脇を通り過ぎた武家だったが、徳兵衛の前に戻ってきた。

「久しぶりだの、徳兵衛殿」

名を呼ばれた徳兵衛は、目を凝らして武家の顔を見た。驚きの色が顔に出た。

「もしやあなたさまは……」

「さよう。柳田格之進である」

去年八月十七日の一件は忘れたかのような物言いで、徳兵衛に応じた。

「半年ぶりの再会だ」

切り通しの辻には茶店があった。湯島天神の初詣客相手に、二日から商いを始めていた。

「あの茶店にて暫時、八月十七日以降の顚末を聞かせてもらおう」

「はい……」

語尾の下がった徳兵衛とかしらを引き連れて、格之進は茶店に向かった。あいにく店内はすでに満席だったが、緋毛氈を敷いた店先の縁台は空いていた。

茶とまんじゅうが供されたあと、先に格之進が口を開いた。

「旧臘十日より、元の藩への仕官がかなっての。今朝は用人様の屋敷に、年賀言上に向かう途中であった」

言葉を区切った格之進は、静かな目を徳兵衛に向けた。

「源兵衛殿は息災でおられるか」

質された徳兵衛は縁台から立ち上がり、格之進の前に立った。

「柳田様にはなんのいわれもございませんでした。あの五十両……」

番頭はあとの言葉に詰まった。

目の前の格之進は徳兵衛の乱れようなど気にも留めず、静かな眼で見詰めている。

取り乱したのを恥じた徳兵衛は、下腹に力を込め直した。言葉に詰まっている場合ではないと、胸の内でおのれを叱咤した。

「あの五十両は」

もう一度、ここから言い直した。

「離れから出てまいりましたのでございます」

止めまで言い終えたあとで、雪の上にしゃがみこみ、両手をついた。いまの徳兵衛にできる、衷心からの詫びの示し方だった。

尋常ならざる気配は、店内にも伝わったのだろう。騒がしかった土間内の話し声も物音も、すべてが失せていた。

「立ちなさい、徳兵衛」

呼び捨てにして、徳兵衛を立ち上がらせた。

「明日は非番であるゆえ、馬道まで出向くことはできる」

四ツの捨て鐘で万屋に顔を出す。

「まだ三が日の内だが、店は開いておるのか？」

「てまえが店先にて、お待ち申し上げます」

徳兵衛の返答を格之進は了とした。

「あの折の約定通り、あるじとそのほうともに、身を清めて待っていなさい」

言い置いた格之進は、三人の茶菓代を払ってその場から離れた。

「話に聞いていた通りの、桁違いのお武家さんでやしたねえ」

格之進探しで動き回ったかしらが、しみじみと声を漏らし、遠ざかる武家の後ろ姿に見入っていた。

徳兵衛は吐息を漏らす気力まで失せたらしい。おのれの足跡がついた、足元の雪に見入っていた。

（八）

九ツ半（午後一時）に戻り着いた徳兵衛は、湯島での顚末をあるじに聞かせた。

「さすがは彦根藩だけのことはある」

格之進の復職を認めた藩を、衷心から褒めた。が、明日の四ツに出向いてくることには、ひとことも触れずに番頭を下がらせた。

離れにひとりこもった源兵衛は、手代頭の慎吉を呼び入れた。

「岡田屋さんに出向き、ご当主をここまでお連れしてくれ」

正月二日で酒も入っているだろうが、なんとしてもお連れするようにと言いつけた。

万屋の仏事一切を任せている岡田屋は、武家屋敷にも出入りしている葬儀屋だ。大得意先万屋の呼び出しとあって、岡田屋育兵衛はまだ雪の残っている道を駆けつけてきた。

「あんたの知恵を借りたい」

前置きもいわず、源兵衛は用件を告げた。酒の残っていた育兵衛は、話を聞き終えるなり、酔いも吹き飛んでいた。

稼業柄、育兵衛は寸法取りの巻き尺を常に持参していた。手早く源兵衛の採寸を終えると、離れの土間に降りた。

「明朝五ツには、かならず持参いたします」

請け合った育兵衛の声は擦れていた。


明けて正月三日。六ツ半（午前七時）過ぎに、源兵衛は番頭を離れに呼び入れた。

「麻布の辺りはまだ雪が残っているだろうが」

文机に載せてあった一通を、徳兵衛に差し出した。

「永坂下なら、足元もさほどに悪くはないはずだ。これをかならず四ツまでに、康次郎に届けてくれ」

封書には実弟宛てに「康次郎殿」と上書きがされていた。

馬道から麻布永坂までは、急ぎ足でも一刻近くはかかるだろう。ましてや今朝は、まだ道の方々に雪が残っていた。

「しかし旦那様、てまえは柳田様をお迎えしなければなりませんので」

「案ずることはない。わたしがきちんとお相手をさせていただく」

しかし……と、番頭は食い下がった。が、源兵衛に追い立てられて離れを出た。

「徳兵衛が麻布に向けて出るところまで、おまえが確かめなさい」

源兵衛から指図されていた慎吉は、まだ鎧戸を閉じた万屋の店先で番頭を見送った。

昨日の約束通り、五ツ前には育兵衛みずから仕立て上がりを届けてきた。真っ新（まさら）な絹布で仕立てた、源兵衛の白装束である。

仕上がりを確かめた源兵衛は、育兵衛に書状三通を手渡して、あとの始末を託した。

遺言書、内儀・嫡男への指示、そして徳兵衛への後始末の指示だった。

「たとえ万にひとつであれ、この三通が反故紙（ほごがみ）となりますように願っております」

土間に降り立った育兵衛は、身体を二つに折って願っていた。

武家に斬首される際の作法も、育兵衛は源兵衛に伝授していた。

＊

「あるじが離れにて、柳田様をお待ち申し上げております」

四ツ前に万屋に現れた格之進を、慎吉が裏木戸に案内した。

裏木戸に案内する手代頭を、格之進は了として受け止めた。

武家屋敷での切腹仕置きに臨む介錯人（首斬り役）、検視役などは、裏木戸からの入邸を作法とした。

当家のあるじも武家の作法に倣い、覚悟を決めていると判じたからだ。最初の捨て鐘で裏木戸を叩いた格之進は、下男の案内で離れに向かった。

対局時と同様、女中が格之進を座敷へと案内した。障子戸はすべて開け放たれており、陽が降る庭と濡れ縁とが見えていた。

源兵衛は濡れ縁を背にして座していた。覚悟の白装束姿である。

勧められた座布団に座した格之進は、源兵衛と向かい合わせとなった。

この朝の女中は茶菓を供することはせず、離れから下がった。

ふたりだけになったところで、源兵衛は両手を膝に置いて格之進の目を見詰めた。

「昨年八月十七日の一件は、すべててまえの指図で徳兵衛は動きました」

いわれのない五十両を取りに向かったのも、源兵衛が指図したことだと伝えた。

「落ち度はてまえひとりにございます」

源兵衛は丹田に力を込めて背筋を伸ばした。

「なにとぞ……なにとぞ、まだ先のあります徳兵衛の首はご容赦たまわりますよう、伏してお願い申し上げます」

畳に両手をついた源兵衛は、ひたいを青畳に押しつけて願った。その語尾がまだ消えぬうちに、濡れ縁の向こうに徳兵衛が駆け寄ってきた。

「なにをおっしゃいますか、旦那様」

履き物を敷石に脱ぎ散らかした徳兵衛は、風呂敷包みを抱えて飛び込んできた。

が、あるじの装束を目の当たりにして、徳兵衛は息を呑み、棒立ちとなった。

源兵衛は尖った目で番頭を睨めつけた。

「あれほどきつく申しつけたのに、おまえは永坂下に行かなかったのか」

黙したままの格之進の前で、源兵衛は厳しい口調で徳兵衛を叱った。

叱責など聞こえなかったかのように、徳兵衛はあるじの前ににじり寄った。

「急な御用の言いつけなど、てまえにはまったく腑に落ちませんでした」

とはいえ、あるじの言いつけである。仕方なく日本橋の真ん中までは向かった。

多くの者が立ち止まり、遠くの富士山に見入っていた。

「このきれえな富士山を見られたのは、冥土へのいい土産だぜ」

まだ四十でこぼこにしか見えない職人の声に、周囲の人垣が大きくうなずいた。

冥土の土産という言葉で、胸に抱えていた不安が破裂した。

いきなりきびすを返した徳兵衛は橋を駆け下りて、お店めがけて疾走を始めた。

これだけ言った徳兵衛は、身体の向きを変えて格之進と向き合った。

「旦那様がなにを言われたのかは、お仕舞いのところしか聞けておりませんが、あの不始末は」

言いながら、徳兵衛は格之進のほうに、にじり寄った。

「断じて柳田様には構うなと、旦那様からきつく言いつけられたにもかかわらず、てまえが勝手にしでかしたことでございます」

徳兵衛が畳に顔を押しつけると、声がくぐもった。それでも先へと言葉を続けた。

「お覚悟を決められた旦那様は、てまえに麻布永坂下への用を言いつけられました」

徳兵衛は急ぎ風呂敷包みを解き、取り出した書状を格之進に見せた。

「実弟様に宛てたこの書状は、旦那様の遺言書に間違いございません」

自分ひとりで責めを負い、てまえの命乞いまでしてくれました……畳が徳兵衛の涙と鼻水で濡れていた。

「徳兵衛、おもてを上げなさい」

格之進の声はいつも通り静かだった。

「おまえと源兵衛殿との、篤い思いやりには感ずるところ、多大であった」

しかし……と告げて、格之進は両名を見た。

「このままでは苦界に身を沈めて五十両を工面した娘に、申しわけが立たぬ」

おきぬは我が身でことを成し遂げた。

娘がみずからの身を苦界に沈めて調達していた、あの五十両。

世故に長けていた源兵衛ですら、この始末には思い及ばなかった。

分かっていた気になっていたが、まことの武家を知らなかったと、いまさら思い知った。

柳田様はいわれなき咎めにも言い返しなどされず、金子を工面なされた。

かかる咎めを受けるのも、畢竟わが振舞いに源はありと、みずからを律してこられた。

そのお嬢もまた然りで……

これほどの柳田様に、いわれなき咎めを押しつけた結果である。首を刎ねられるのも当然だと、源兵衛は詫びの思いを重ねていた。

徳兵衛は格之進への詫びる思い以上に、おきぬに身売りを決断させたことに、詫びの言葉も浮かばずにいた。

死ぬのは怖い。まだ、やりたいことだらけだ。共に首を差し出させてしまった、大恩ある源兵衛に対しても、いまはなにもできない。

渦巻く思いを抱えつつも、首を刎ねられても仕方がないとの覚悟はできつつあった。

「そなたら両名とも約定通り、我が身で決着をつけるしかあるまい」

「仰せの通りでございます」

白装束の源兵衛には、ゆるぎなき覚悟が備わっていた。

「ただひとつだけ、お聞き届け願いたいことがございます」

「うかがいましょう」

格之進は源兵衛に目を移した。

「冥土にまで運べますように、碁盤と碁石を身の前に置きますことを、お許しください」

商人とも思えぬ、凛とした物言いである。

「うけたまわりました」

格之進の許しを得た源兵衛は、格之進と対局した碁盤と碁石を身体の前に置いた。

「おまえのような忠義者を得られたわたしは、まことに果報者だった」

「てまえこそ旦那様にお仕えできました喜びを抱いて、三途の川を渡ります」

末期の言葉を言い交わすと、肚の据わった身のこなしで首を差し出した。

ふたつの首が一太刀で落とせるよう、徳兵衛と源兵衛は身体をくっつけ合っていた。

「うおおっ！」

示現流特有の鋭い気合いを発した格之進は、備前長船の長刀を振り下ろした。

達人とて、剣先が狂うこともある。首ではなく、碁盤が真っ二つに斬り割かれた。

＊

おきぬの身請け金五十五両は、かしらの佐ノ吉が大見世に出向いて決済した。

「いまどき、聞かない話です」

女将は二割五分の利息を受け取らなかった。

こころを込めて詫びを示し続けた徳兵衛に、いつしかおきぬは惹かれたらしい。

徳兵衛とおきぬは夫婦となり、阿部川町のあの借家で所帯を構えた。

時季になると、竹垣は朝顔で埋もれた。

解説

櫻川七好

読者の皆様が「落語・人情噺」の大ネタを山本一力先生渾身の筆致による時代小説で読み終えたあと、さてどう私が解説して良いやら悩む訳なんですが、まずは自己紹介をさせていただきます。

私は幇間、俗にいう「たいこもち」という職業でございます。すぐに理解してくれるお客様も少なく、今日本に六人が浅草の花街に残るだけです。その一人が私です。

落語にも登場する。「たいこ腹」「うなぎの幇間」「愛宕山」など一八の名前で知られています。そんな職業がまだあったんだと驚く方も多いんです。

その昔は男芸者ともいわれ、酒席をとりもち酒席で遊ぶ旦那と芸者さんの間を助けたりもしました。旦那と遊ぶのが仕事です。珍しい職業なんです。

でも、ただ浮かれて遊んでいたのでは仕事になりません。

時には踊り、唄い、お客様に楽しんでもらえるよう務めなければなりません。

例えば旦那が贔屓にしている芸者さんが他の席を務めていてなかなか旦那の席に来られない、そんな時でも芸者さんが来るまでつなぎお客様を退屈させないよう将棋、碁、などのお相手ができるよう、広く浅くいろんなことを身につける必要もあるのです。

「たいこもち　あげての末の　たいこもち」という江戸の川柳があります。

本業は二の次、道楽の毎日、そんな席を取りもったのが幇間です。気がつけば自分がたいこもち、というわけです。

私は残念なことに道楽の末ではありません。幇間になる以前は劇団で役者をしていました。

ずいぶん昔のことになりましたが、浅草の花街で新内芸者として売れた宮ふじ姐さんの半生を芝居で上演することになり、私が幇間役を演じたことがあります。芝居の打ち上げの席で宮ふじ姐さんから「お前さん、役者より幇間の方がきっと向いてるよ」そんな一言をいただいたことから、私の幇間人生は始まりました。四十歳のときです。

その幇間人生が三十年を迎えようとする頃、山本先生のいらっしゃる席に初めてお邪魔いたしました。その時は初対面ということもあり、あまりお話しできませんでした。

二度目にお会いした時です。

私は芸を終え、先生の隣りの席に行き「お久しぶりです、楽しんでいただけましたか」と挨拶をしましたら、お酒を飲まれない先生が「やぁ、いつ見ても面白いね、楽しいね」と、私をヨイショして下さいました。

先生は私の芸について色々と感想をおっしゃって下さった後、「そうだ、今度文庫化する『落語小説集　子別れ』の解説を七好さんに書いてもらおうよ」と同席していた山本先生の担当の編集者に突然おっしゃったのです。

私も好きで落語を聞きますが、正直あまり落語小説に馴染みはありません。

解説文を私が書く？　今でいう無茶ぶりですか？

大変光栄なお話ですが、すぐにはお返事できませんでした。

しかし、文章を書かせていただくのもまた芸の精進の一つと思いまして、心臓を強くしつつ、お受けした次第です。

余談ですが、今東京では寄席も少なくなり、生で落語を聞くのも難しくなりました。

私のお客様で板橋区本蓮沼にある南蔵院、板橋十景にも指定されている桜で有名なお寺のご住職が、近所の檀家さんに落語を聞いてもらおう、楽しんでもらおうと本堂で桜の時期に「南蔵院夜桜寄席」を開きました。今も続き二十五年が経ちます。聞く落語は一人語りの話芸、演者が登場人物すべて女房・子供・ご隠居・犬でも一瞬にして演じ分け、顔の表情、身振り手振りで世界を作り上げる。生の落語は実に面白い。

同じ演目でも、演者によって印象は随分変わる。人情噺(ばなし)は誰がいい、など演目で演者を決め楽しむこともできるところが生の醍醐味でもあります。

一方で落語小説には演者もいなければ、当然ながら効果音もない。それでも、登場人物たちの息吹が聞こえ、風景が見えてくるのだから、驚いてしまいます。

ここからは『落語小説集　子別れ』に収録されている各作品に触れていきたいと思います。

「子別れ」

私の大好きな演目です。これを知らずして人情噺は語れません。

熊五郎は職人としての腕はあるが、酒が入ると人が変わり、いつも酒でしくじってしまい、毎日の糧(かて)にも事欠く始末。女房おとく、子供亀吉と別れてまで同居した敵娼(あいかた)

のおそめまでもが、こんな暮らしはまっぴらと半紙に書き置きし、家を出ていく。

たった一人になった熊五郎は、ようやく目を覚まします。

酒も断ち、人が変わったように仕事に精を出す。

そんな時、贔屓先の蔦屋（つたや）の番頭と仕事で出かける途中、亀久橋で倅（せがれ）の亀吉を見つける。

熊五郎は駆け出し、後ろから声を掛ける。

亀吉は大きな声で「ちゃん」と叫ぶ。

思いがけない親子の再会。

親が子を思い、子が親を思う心情がなんとも言えない。二人の会話が心優しく伝わってくる。

その翌日、熊五郎、おとく、亀吉の三人は鰻屋（うなぎや）で対面を果たす。これから先、すべてがうまくいきそうな気がする。


「景清」


芸者衆は、お座敷で芸を披露するだけでなくお酒の相手もしなければなりません。

時には長時間になり、ついつい飲み過ぎる事もあります。体調には気をつかいます。

鏨（たがね）彫り師の定次郎はある時期から目を患い、今はほとんど目が見えない。

鬘彫り師にとって、目は命同然である。

贔屓の旦那甚兵衛が不自由な目を治そうと定次郎に医者を紹介するが、処置が遅かったとのことで治らない。定次郎は毎日願掛けに励む。

我々、芸者衆も贔屓さんあっての商売。

甚兵衛さんのように「お前の芸には華がある。お前の声は実に艶のある声だ」などと芸に惚れ、助け応援してくれた旦那がいた。だからこそ芸事に精進できた。

甚兵衛と母おせき、身の周りの世話をしてくれるおすみに支えられた定次郎の身に、どんな奇蹟(きせき)が起こるのか。定次郎が発する最後の一言に注目です。


「後家殺し」


今では珍しくなった旦那芸。

小唄、常盤津(ときわづ)、清元、新内。

本作の常吉が夢中になる義太夫(ぎだゆう)など、花街で遊ぶ旦那衆は何か一つ稽古にあがり、その芸を身につけお座敷で披露し自慢をしたそうです。

近頃では、花街の料亭で一度も遊んだことのない旦那も多くなってきています。

私がお披露目した三十年前と比べて、芸者衆の数も十分の一ほどになりました。

私は、今でも稽古に出かけます。芸者衆も同様で、踊りは踊りの師匠に、唄の稽古であれば唄の師匠に教わるのが基本です。他に、三味線・鳴り物・笛の稽古と毎日忙しくしています。

お座敷のさなかに稽古まがいが始まり、芸事が楽しくなって花街に通うお客様もいらっしゃいます。

こんな小唄があります。

気前が良くて男前
たんとお宝持っていて
私を優しくしてくれて
おつな小唄もうたえるような
そんなお方はいないかえ
まず少ないね

常吉は義太夫に夢中になり熱心に稽古に通います。芸も上達します。そんな時、後家の「おく乃」に義太夫を語ってくれと頼まれ、深い仲になる。

そして悲劇を起こす。

自分の始末をつける、腐れ縁を断つと言って店から出刃包丁を持ちだし、おく乃に会いに行く。

常吉はおく乃に覚悟を伝える。

それを聞いたおく乃も毒を盛った言い方で常吉に迫る。

互いに限界を超える。

裁きの場で、奉行は常吉に「言い残すことはあるか?」と聞く。

常吉は「ございます」と言って義太夫を語り始める。

奉行の発した最後の言葉が、見事なオチとなっています。


「火事息子」

何代も続く質屋の跡取りと産まれた一人息子の藤三郎。幼い頃から従兄弟伯父(いとこおじ)の四郎座衛門が与えた火消しのおもちゃで遊ぶのが大好きだった。

その後も火事場の仕事の魅力にとりつかれ、親と義絶しても、その世界で生きることを決意します。

四郎左衛門が藤三郎に「ひとは誰しもが、そこを越えては引き返せなくなる境、結界がある」

と諭すが、藤三郎の気持ちは変わりません。

四郎左衛門の尽力により、特例中の特例で火消し稼業に入って四年。四郎左衛門との再会の席で、女中が「火事です。火元は神田の方角らしいです」と話す。神田は、藤三郎の実家に近い。

藤三郎が臥煙となったとしても、親子の絆は切れるものではなかったのです。

「柳田格之進」

山本一力先生の落語小説には、その時代のありようが繊細な表現で再現されていて、人の生活・考え方が読み手に伝わってきます。

士農工商の身分制度があった時代、武士はどんな状況であろうが武士としての矜持を持って生きていた。柳田格之進とその娘「おきぬ」もその矜持と覚悟と共に生きています。

格之進は五十両を碁敵の商家から盗んだのか、それとも濡れ衣だったのか。

最後に咲く、朝顔が凜として美しい。

時代が変われば、考え方も変わります。

現代人は、何かにせかされるように生きている。

便利が優先され、信号が変わるほんのいっときも我慢できなくなっています。

今の時代、人生百年などという人もいますが、こんな都々逸があります。

酒も女も
煙草もやらず
百まで生きた馬鹿がいる

「そんなに長生きして何をするんだよ」と江戸の人の声が聞こえそうです。

かといって、落語のように毎日旦那の相手では、身がもちません。

人生は楽しくゆっくり、ほどほどが良さそうです。

本書収録の五作品の登場人物は皆、それぞれの生活を背負いながら、人に優しく、真っ直ぐに生きている。読み終えて、自分の心が浄化されていることを感じました。

長生きできそうです。


（さくらがわ・しちこう／幇間）

―――本書のプロフィール―――

本書は二〇一九年十二月に小学館より単行本として刊行された作品を加筆改稿し文庫化したものです。

小学館文庫

落語小説集　子別れ

著者　山本一力

二〇二三年七月十一日　初版第一刷発行

発行人　石川和男
発行所　株式会社　小学館
〒一〇一-八〇〇一
東京都千代田区一ツ橋二-三-一
電話　編集〇三-三二三〇-五九五九
　　　販売〇三-五二八一-三五五五
印刷所――凸版印刷株式会社

ISBN978-4-09-407274-7